「このストイックな白衣の下に、俺の跡をいっぱい残しているんだと思うと、すごく興奮する」

　濱嶋は、ゆっくりと聖史の耳朶に口唇を近づけてきた。

白衣の殉愛
—罪過の夜に堕ちて—

あさひ木葉

Illustration
黒埜ねじ

NOVELS

この物語はフィクションであり、実在の人物・団体・事件等とは、いっさい関係ありません。

Contents

白衣の殉愛

―罪過の夜に堕ちて―

プロローグ

「どうして、そんな顔をするんだ？」

冷やかすように口の端をあげ、目の前の男は笑っている。

清野聖史《きよのさとし》は、熱を帯びた眼差しで、その男を睨みつけた。

自分はいったい、どれだけみっともない表情をしているのだろう？

好きでもない、求めてもいない男の手に堕ちている。

まさに堕落。たかが腰をなでられ、首筋に息を吹きかけられただけで、体の芯からにじみだすような疼《うず》きに、口唇《くちびる》を噛みしめるしかなかった。

医局の隣にある資料室は、あまり入る人もおらず、少し埃《ほこり》っぽい。

普段は静まりかえっているその場所に、書類の束が落ちる耳障りな音が響く。

ここは、聖史の安住の地だった。

つい一ヶ月ほど前までは。

目の前の男が現れてすべてが狂った。

濱嶋彩斗《はまじまあやと》。

目的に向かって邁進《まいしん》する聖史の前に、突然立ちはだかった壁だ。

聖史を力尽くでねじ伏せた男……。

「怖い顔をしてるな」

濱嶋はそう言いながら、笑みを絶やさない。

しかし、聖史の手首を掴《つか》み、腕をひねりあげるように拘束した指先からは、力が抜けることはなかった。

見た目は好青年。しかし、彼は外見どおりの人間では決してなかった。

「は、離せ……っ」

押し殺した声で、聖史は言う。

「ここをどこだと思っている」

「資料室」

なんでそんなことを言うのかわからない、といった表情を濱嶋はしていた。

見ればわかるだろう、と。

「本当に、あんたは研究熱心だ。こんな古い資料の束に埋《う》もれて、毎日なにを探している?」

「おまえには関係ない」

籠もった声が、濱嶋に圧倒されているみたいで不快だ。

決して、そんなつもりはない。

こんな男を、卑怯者など、恐れてなるものか。

扉一枚隔てて、同僚たちが集っている。なにを話しているかわからないまでも、人の気配は伝わってくる。

その状況でもお構いなしで、濱嶋は聖史を壁に押しつけた。

どん、と音が響いたことに警戒したのが自分だけだったのが、理不尽にすら感じられた。

むしろ、濱嶋こそ後ろめたく思うべきだろうに。

(こいつ……)

聖史は、ぎりっと奥歯を噛みしめる。

医師の世界は狭いし、妙な噂が立てばそれだけやりにくくなる。聖史自身は気にしないにせよ、上を目指すためには周りの評価は大事にしなくてはいけない。

濱嶋が無頓着なのが、不思議なくらいだ。

彼こそ、エリート中のエリートといっていいような経歴を歩んでいるのに。

(帰るところがある余裕か……?)

どうせこの男は、ここでは異邦人なのだ。

この医局に骨を埋める覚悟の聖史とは、わけが違う。

しかし、覚悟がない人間の身勝手で、せっかく温めてきた計画を、ぶち壊されるわけにはいかない。

「関係ない、はひどいなあ」

皮肉っぽい表情で、濱嶋は笑った。

「俺とあんたの仲だろう？」

「う……ぅ」

「忘れているなら、思い出させてあげる」

下半身に無遠慮に伸ばされた指先は、聖史の弱いところを握りしめた。

そこは、快感だけでなく、痛みにも敏感だ。爪を立てるように握られると、たとえ服の上からとはいえ、激しい衝撃となった。

「…や、め……っ」

忌々しい。

本当は、こんな男の手管《てくだ》で感じてなんてやりたくない。けれども、彼の手は、聖史の弱いところを知り尽くしていた。

「はは、もう感じてる。なあ、中から濡れてるんじゃない？」

「ふざけたことを言うな！」

乱れた前髪の隙間から、聖史は濱嶋を睨みつける。

「いや、本気。……ほら」

「……あ…っ」

下腹部に、火がついてしまう。

濱嶋は強引に、布地の上から聖史の性器をこすりはじめた。

布が食い込むような感触が、妙な拘束感を与える。窮屈で、不自然な締めつけに、逆に興奮してしまう。

「いやらしいな……。こういうの、好き？」

「す、好きなものかっ」

聖史は吐き捨てる。目的のために、体を投げだすのはかまわない。

しかし、力尽くで屈服させられるのはごめんだった。

聖史が体を許すのは、自分で選んだ男のみ。

でも、濱嶋は選んだわけじゃない。

アメリカから来た天才脳外科医と言われる男だって、権力がなければ無意味だ。

ここは、白衣の密室は、そういう世界だから。

興味だってなかった。

けれども濱嶋は、そんな聖史を強引にねじ伏せ、力まかせに奪い取った。そして、無理矢理開いた体を一度だけでは飽き足らず、何度もくり返し辱《はずかし》め続ける。

場所も、時間も選ぶことはなく。

「……さっき、さ……。あんたのここ」

神業とも言えるメス捌きを誇る指先が、とんと聖史の首筋に触れた。

ネクタイを緩め、シャツの第一ボタンをあけて、大きく襟を開く。

「上手に隠してるんだけど、ちらっと見えたんだ。……俺のつけたキスマーク」

「な……っ」

聖史は、表情を強ばらせた。

冗談じゃない。

この男の関係を痕跡《こんせき》として残されるなんて、許しがたいことだった。思わず、聖史は濱嶋を睨みつける。

「貴様、あれほど跡を残すなと……っ」

「細かいことはいいじゃないか」

人を食ったような表情で、濱嶋は言う。

「なに一つ細かくない」

苦虫をかみつぶしたような表情で、聖史は言う。

「そう？　あんたは十分細かい性格だと思うけど……」

濱嶋はほくそ笑む。

「このストイックな白衣の下に、俺の跡をいっぱい残しているんだと思うと、すごく興奮する」

濱嶋は、ゆっくりと聖史の耳朶に口唇を近づけてきた。

「部長がつけた跡は、ないんだよね？」

「……っ」

こんな場面では、口にしてほしくない名前だった。

聖史は、きっと濱嶋を睨みつける。弱みさえ握られなかったら、張り倒してでも逃げるのに。

「興奮するな……」

濱嶋の表情は狩りをする獣のそれだ。欲望と熱で、濃い瞳の色をしていた。

「俺、あんたの白い肌に跡つけるの好きだよ。俺を刻《きざ》みこんでいく気がして」

「所詮、皮膚一枚のことだ」

扉の向こうを気にしながら、聖史は苦《にが》りきった表情になる。

いっそ扉を開けて、濱嶋の正体を暴露してやりたい。そんな破れかぶれな衝動もあった。

しかし、それだけはできない。

聖史には、果たさなければならないことがあるからだ。

目的の前には、すべてをなげうてる。

だから、たとえどんな目に遭《あ》おうとも、軽はずみな真似はできなかった。

そんな聖史に対し、濱嶋は当然のようにつけ込もうとしてくる。

「寂しいことを言うな」

彼は、笑っている。

こういう男だ。

笑顔で、人を追い詰める。そして、少しも悪びれはしない。無邪気で残酷な……、良心のかけらもない脅迫者。

もともと、いつも笑顔でいるような男だった。

夏の空を思わせる、爽快な表情をしていた。

だが、その正体は、ただの獣だ。

白衣の下では、とんでもない野生の欲望を野放しにしていた。

「……じゃあ、中に刻んであげる」

ベルトを抜き取られる。重いものが落ちる音に、聖史は覚悟を決めた。

「早くすませろ」

もはや、言うべきことはそれまでだ。

精液でもなんでも、聖史の中にぶちまけて、無様な果て顔をさらして去って行けばいい。

体は征服させてやった。

だが、心まで征服させたつもりはないのだ。


一ヶ月ほど前に、話はさかのぼる。

1

「……なんだ？」

騒がしい物音に、清野聖史は眉をひそめる。

決して静かな職場ではないが、それは足早に行きかう人たちや、話し声などのせいで、重たく鈍い音なんてものは今まで一度も聞いたことがなかった。

当直者を除けば、いつも聖史は職場に一番乗りだ。そもそも、職場に来たときに自分以外の人間が立てる音がしているなんて、珍しすぎる。

思わず立ち止まると、曲り角から顔見知りの事務員が現れた。

彼は、重いスチールの事務机を引きずっている。

驚きもあらわな表情になっていたのか、初老の事務員は恐縮しきった表情になった。

「おはようございます、清野先生。お邪魔して、すみません。うるさくしてしまいました。今日も朝早くから、熱心ですね」

「おはようございます。こんな時間から、模様《もよう》替えですか」

聖史は首を傾げた。

それにしたって、事務員に模様替えをさせなくてはいけないほど、聖史の勤め先は経営には困っていないはずだ。

同業者から、うらやましがられている程度には。

「ああ、いいえ。違います。今日から入る、新しい先生の机です」

「今日から……？」

聖史は、不審げな声を上げてしまう。

「ああ、話を聞いていらっしゃいませんか。なんでもアメリカから、何かの縁があっていらっしゃったようですよ」

「アメリカ？」

聖史は眉をひそめた。まったく、心当たりがない。

くだらない雑談ならばともかく、人事に関係することで、聖史の耳に入らない情報などはないはずなのだが。

(どうなっているんだ)

どうも落ち着かない。

不意をくらった気がした。

聖史は、私立大学の医学部付属病院の、脳外科の医師だ。年齢のわりには出世が早く、大学では講師の立場にあった。つまり、臨床医師であり、研究者でもある。

そして個人的なコネクションにより、医局の情報で聖史の耳に入らないことがないという立場なのだ。

そんな聖史が、新しく海外から医師を招聘《しょうへい》する話を聞いていないなんて、何かがおかしい。

(……それとも、あの古キツネにいっぱい食わされたか)

聖史は、しかめっ面をする。

脳裏にあったのは、外科部長を務める男の顔だった。

ちょうど、朝、別れてきたばかりの。

しかし、内心の不快感を外に出すほど、聖史も幼くはない。

「人が増えて、また医局も賑やかになりますね」

そんな、どうでもいいようなことを平然と口にする。

(誰が来ようと、関係ないさ)

脳外科医の最先端医療といえば、アメリカになる。そこから来た男といえば、まったく興味がないと言えば嘘だ。だが、誰がきたって、自分の仕事に変わりはない。

それでも、自分に情報が入ってこないことは引っかかる。

（後で確認しないとな）

考えても仕方がないことだ。聖史は頭を切り替えた。

（誰がこようと、俺のやるべきことはひとつだ）

自分の机に座った聖史は、用心深く鍵をかけた引き出しの中に入れていた書類を取り出す。

正直に言ってしまえば、同僚が増えることを知らなかったこと――医局内人事の情報が手に入らなかったことが気になっているだけで、増える同僚がどんな人間かなんてどうでもいいことなのだ。

聖史は、目的を掲《かか》げて仕事をしている。

大事なことは、たった一つだけだ。


――前言撤回。

後ろをわざと振り向かず、足早に歩きながら、聖史は苛立ちを隠せなかった。

同僚がどんな人間かというよりも、どうしてその情報が入らなかったかということが気になった。

それは嘘ではない。

同僚と深くかかわるような趣味はなかった。

——だが、あっちからかかわってきた場合は、どうすればいいんだ……！

苦りきった表情を向けないだけ、聖史は大人だと思う。

新しい同僚はどういうわけか、聖史に関心を示してる。

視線は鬱陶《うっとう》しいほどだが、医局を出た途端、これだ。

聖史の後を、ついてくる。

わざとらしく立ち止まってやると、ぴったり後ろにくっついた。後をついて歩いていることを、どうやら隠す気もないらしい。

とうとう腹に据えかねて、聖史は彼を振り返った。

「いい加減にしてくれませんか、濱嶋先生」

いくつか年下というだけで、やけに笑顔が少年めいて見える男を、聖史は睨みつけた。

そう、これが新たな同僚だ。

聖史も長身だが、彼はさらに背が高い。少し視線を上に向けないといけないのが、なんとなく癪《しゃく》だった。

いかにもさわやかで、女性受けのする顔立ちだ。

医師の不養生《ふようじょう》の見本のような連中が多い中、ひとりだけスポーツ好きそうな、日の光の下が似合っていそうな、健康な雰囲気がある。

気さくに笑顔を見せるが、へらへらとした印象はない。

こうも好印象に見せることができるというのも才能だと、聖史は思う。

経歴を聞けば、自《おの》ずと有能さがわかる。そういう、医師としてのエリートコースを辿ってきた男だった。

正直に言ってしまうと、どうしてわざわざ、聖史のいる大学に来たのかわからない。

唯一《ゆいいつ》の取り柄といえば、政財界と結託し、資金が潤沢《じゅんたく》なこと。赤字経営の多い病院の中で、医は算術と豪語して、黒字化を生きがいにしている理事長に経営されている。

少なくとも、アメリカ留学までしていた男が、来たがるようなところではない。

三流大学とまでは言わないが、最先端の医療技術の研究ができるような場所ではない。

それに、どちらかといえば保守的な気風は、若手研究者に評価されないだろう。

だからこそ、聖史にとっては都合がいいこともあるのだが、アメリカで最先端の研究をしてきた濱嶋にとって、魅力的な場所だとは思えない。

彼ならば、もっといいところに入れるだろうに。

(誰かのツテか?)

縁故があって呼ばれたのか。いや、医局の人間は誰もが彼に対して「はじめまして」という立場だった。

医局の人間ではなく、経営側の人脈なんだろうか。

どうも正体がわからず、鬱陶しい。

聖史としては、積極的に親しくなりたいわけではなかった。

それどころか、邪魔になるかもしれないと思っている。

これまで、聖史は優先的に手術の執刀機会を回してきてもらっていたのに、この男の出現でそういうわけにもいかなくなるかもしれない。

大学病院のように医師の数も多いと、手術をメインで執刀する機会は取り合いになる。

聖史の勤め先のように保守的で旧弊《きゅうへい》な病院では、上との関係がものを言った。

聖史は単なるコネだけではなく、かなり腕のいい脳外科医だと自負している。

しかし、きらびやかな濱嶋の経歴に、目がくらんで「是非執刀医に」と望む患者も増えそうな気がした。

そうなると、聖史にとって厄介なことになりそうだった。

彼個人にどうということはないのだが、医師としては気がかりなことが多い。

別に彼に対してだけではなく、聖史は医局の人々と距離を置いている。

わざと敵愾心《てきがいしん》を露わにしているわけでもないのだが、親しみこめた眼差しを送ったり、話しかけたりもしていない。

それなのに、どうしてこんなに懐《なつ》かれてしまったのか。

彼の世話を焼きたい人間ならば、他にたくさんいるだろうに。

濱嶋のようなエリートが、どうして入局してきたのか。医師も看護師も事務局までも、彼の話題で持ちきりだ。

いろいろな憶測をしたあげく、親しくなっておいて損はないと計算した輩《やから》も多い。

そういう奴らに囲まれて、ちやほやされていればいいのに。

どうして、わざわざ彼と関わりたくないと思っている人間を選んで、近寄ってくるんだろうか。

空気くらい読んでほしい。

「え、なにがですか」

心底不思議そうな表情で、濱嶋は首を傾げた。

少年のような表情をしていた。

「私は、食事に行くんです」

無表情に、聖史は言い捨てる。

おまえには用がないんだと、口調には毒を含んで。

周りと没交渉でも、聖史はことさら敵を作るような真似はしたくない。

けれども、濱嶋の鈍さから、多少は鬱陶しがっていることを露骨《ろこつ》に口にしたほうがいいかもしれないという気にさせられた。

ところが、濱嶋には通用しなかった。

「俺も、一緒に行きたいです」

どうやら、毒は無毒化させられたようだ。

彼は、気持ちいいくらいはきはきとした口調で、思いっきり聖史を不愉快にさせる。

「私は、一人がいいんです」

突き放すように、はっきりと言ってやる。

空気を読めとは期待しない。

これだけストレートに言えば、子供だってわかるだろうに。

ところが、ここまで言っても通じなかった。

「俺は一緒がいいです」

ぎゅっと、手を握りしめられる。

(この……っ!)

聖史は、苛立ちを無表情で隠した。

聖史の意思表示は、綺麗に無視されてしまったようだ。濱嶋は海外生活が長いというが、そのせいで日本語が不自由なのだろうか。いい年した日本人なら、いや日本人じゃなくても大人なら、もう少し相手の心境を慮《おもんぱか》るのではないだろうか。

それとも、もともと頭が不自由なのか。

嫌味の一つも、言ってやりたくなって、聖史はすげなく返す。

「他に、誰だって誘えばいいでしょう」

「俺は、先生を誘いたいです」

手を握りしめたまま、きっぱりと濱嶋は言う。

話にならない。

(こいつ……っ)

ここまで真正面から来られると、逆に対応に困る。

いつも聖史は、昼食なんて必要な栄養素を補給するだけで終わっている。

時間は有限で、もっと大事なことに使いたいのだ。だが、この男に付き合っていたら、その大事な時間が奪われてしまう。

「……わかりましたよ、付き合えばいいんでしょう」

そう絞《しぼ》りだした声には、わざとらしいくらい苛立ちを滲《にじ》ませてやる。

ダメ押しで、うんざりしたようにため息をつくと、さも嬉しそうに笑顔で返されてしまった。

「嬉しいです。どこか、美味いとこ行きましょうよ」

脱力した。

(空気くらい読め)

二人のやりとりを見ていたらしい看護師たちが、笑いながら通りすぎていくのが、また腹立たしい。

聖史らしくないと、きっと思われているのだろう。

「腕は確かだが、あまり他人と無駄話をしない、クールな医師」というのが、今までの聖史のイメージだっただろうから。

他人にペースを狂わせられる聖史は、さぞ見物なんだろう。

(ああ、まったく俺らしくもない)

なんで、いい大人のお守りをしなくてはならないんだ？　理不尽さで胸をいっぱいにしながら、聖史は濱嶋を睨みつける。

どういうわけか初対面の時から、自分に懐いてくるこの男を。

(まるで、躾《しつけ》の悪い大型犬じゃないか)

うんざりしたように、ため息をつく。これでは、今日はいつものようには過ごせない。

とんでもないイレギュラーの不良物件に、聖史は苦くため息をついた。


相手に合わせてやるつもりはなくても、無視してしまうのも大人げない。

聖史は仕方なく、濱嶋に「私はいつも購買で適当に食べ物を買って外で食べるんだが」と告げると、濱嶋は嬉しそうに「ピクニックみたいで、いいですね！」と言う。

どうして、そういう発想になるんだろう。頭がくらくらしてきた。

(高校生か)

このテンションで話しかけられると、鬱陶しいことこの上ない。

まともな社会人面を取り繕《つくろ》って相手をするのも、億劫《おっくう》になってくる。

聖史は全身で「うんざりだ」というオーラを出しているのだから、濱嶋も察するところがあってもいいはずだ。

それなのに、見事にスルーされている。

(とにかく、食事をしたらさっさと医局に戻ろう……)

心の中で呟《つぶや》く。

食事さえすませたら、濱嶋の傍をスマートに離れる口実もできるというものだ。

さすがに、それを口に出すほど大人げないわけではないのだが。

しかし、聖史がさっさとカロリーメイトで食事を終えたあとなのに、まだ濱嶋はのろのろと食事をしている。

遅い、と苛立ちをこめて振り返った聖史は、思わず目を見開いてしまった。

見れば、濱嶋の傍らには、こんもりとサンドウィッチやおにぎりが山積みになっている。尋常ではない量だった。

「……な、なんですか、それは」

絶対に濱嶋に自分から話しかけないようにしていたのに、つい声が出てしまう。

濱嶋は、不思議そうに首を傾げた。

「俺の昼飯ですけど」

「……」

見ているだけで胸焼けしてしまいそうだ。まるで、育ち盛りの中高生のような食事量だった。

しかも、バランスだとかはまったく考えていない。好きなものを好きなだけ、と言った感じの昼食だ。

「どうしましたか？」

「いや、別に……」

聖史は、ふいっと視線を背ける。

そもそも、彼と話なんてするつもりじゃなかったのに、自分からその隙を作るなんて失敗だった。

「もしかして、欲しくなりましたか？　カロリーメイトだけじゃ、腹減るでしょう」

濱嶋は、菓子パンを差し出してきた。

「……いや、結構」

聖史は、小さく首を横に振る。

「遠慮しないで」

菓子パンを胸元に押し付けてきた濱嶋は、屈託なく笑っていた。

このマイペースさを、どうしてくれよう。

「遠慮しているわけじゃない」

眉間に皺を寄せ、聖史は言う。

「よく食べると思っただけだ。しかも、そんなに適当な」

「ああ、これ？　俺、あまり食い合わせって考えないんですよね」

濱嶋は、小さく肩を竦めた。

「好きなものは好きなだけ、というのがモットーです」

まるで子供みたいなことを、いい年して言い放つ。無邪気な子供みたいな顔をしている濱嶋の、タチの悪さを感じた。

なんだか、とても厄介な性格をしている気がする。

外面はよさそうなのだが。

「そうか」

聖史は、興味なさげに相槌《あいづち》を打つ。

他に、なにをどう言えばいいのだろうか。

別に、濱嶋の食の好みなんて知りたくない。

菓子パンは、一瞥《いちべつ》しただけだった。

迂闊《うかつ》に受け取ると、面倒なことを言われそうで。

「清野さんは、どうですか？」

「……なにが？」

「好きなものとか、食事のポリシーとか」

「そんなものに興味があるのか？」

私は君に興味がないと、言外に匂わせて言ってやる。

すると、濱嶋は嫌味のない笑顔になった。

「興味があります」

まっすぐ聖史を見つめ、濱嶋は断言する。

「俺はあなたに興味があるから、日本に来たんです」

彼は、屈託ない表情で言ってのけたのだった。

2

疲れる一日だった。

仕事を終えると、すでに夜になっている。大学病院の勤務は激務だったが、それでも新米の頃のように当直勤務にはつかなくなっているので、かなり体力的には楽だった。

それが、今日は珍しく、聖史はぐったり疲れ果てていた。

(たかが、同僚と雑談しただけの話なんだが)

そう、つきつめてしまえば、それだけ。

それなのに、なにをこんなに気疲れしているのか。

濱嶋が悪い。

あの男が、気安く話しかけてくるから。

明るい声、軽い調子、人懐っこい笑顔。それは何一つ聖史を神経質にさせるようなものではないはずだ。

けれども、とにかく精神的に疲れている。

彼の強引なマイペースさに、振り回されたせいだろうか。

(私に興味があって日本に来た、なんて)

思わず、苦りきった表情になってしまう。

つまらないことを、言う男だ。

自分は、腕がいい医師だと思っている。そうでありたいと、ずっと願ってきたからだ。

だが、国際的に名を知られるほどでもない。

くだらない冗談だろう。

それにしても、明日からもあの調子でつきまとわれたら、どうしたらいいんだろうか。

露骨に無視などしたら、濱嶋に過剰な反応をしているようだし、そういう真似をしたくはないのだが。

他人に関わりを持ちたくないのは、単に面倒なだけだ。

余計なことに使う時間なんて、ない。

そういえば、他人と仕事以外のことで会話をするなんて、いつ以来だろう。

まさか、こんなに消耗するとは思わなかった。

これからも、他人のために割く時間なんて作らないように生きていこうと心に決め、聖史は小さく頭を振る。

(だから、こんな無駄なことを考えるのはやめよう)

時間がもったいない。

疲れていても、仕事が終わったあとの日課をやめるわけにはいかなかった。

(今日の当直は……、ああ、彼か。だったら、ここに顔を出すことはなさそうだな……)

日勤のあと、続けて当直勤務に入る若手医師の名前を確認する。

彼は、何もない限り、全力で眠っていたいと考えるタイプだ。用もないのに、医局に顔を出すこともないだろう。

(好都合だ)

邪魔が入らないのは、大歓迎だった。

たとえば、濱嶋のように。


聖史の予想どおり、誰の邪魔も入らないまま、日課を終えることができた。

実に喜ばしい。

できれば、明日以降もこうであってほしい。

「……」

今、いやな男の顔を思い出した。

考えまいと思っても、つい濱嶋のことを考えてしまう。

椅子に腰を下ろした聖史は、深く溜息をついていた。

こちらがどれだけいらついた態度をとっても綺麗に流されて、どれだけ当たりをきつくしても離れてくれない。

手術の執刀中まで、張り付かれていた。

「どうしても見学したい」と強く主張する濱嶋を、断る理由はなかった。同僚に執刀の様子を見られるから、なんだというんだ。手術なんてひとりでできるものではないし、自分以外の他人に見られるのも当たり前だった。

だが、鬱陶しいことこの上なかった。

医学生でもあるまいし、自分よりキャリアが下の人間の執刀なんて眺めて、何が楽しいのだろうか。

理解できない。

(……どうせ、考えても答えがでない話だ。あの男のことで頭を悩ませるのも、ばかげている)

堂々巡りになりかける思考を、聖史は強制終了させようとする。

さっさと帰って、休みたい。すっきり疲れがとれるように。

しかし、今日に限って、そうすることもできなかった。

このあと、食事の約束をしている。

そして、食事だけでは帰れないこともわかっていた。

(今日はビストロと言っていたな……)

正直に言ってしまえば、それほど聖史は食にこだわりがあるほうではなかった。

渋いお茶と一緒に美味しい和菓子――何も気取った生菓子じゃなくて、コンビニで売ってるどら焼きでも十分――を食べるくらいで、十分満足できる。

貧乏舌なので安上がりだ。

外食も、自分一人だったら二八〇円のうどんで十分なのだ。

だが、そう見えないみたいで、外食となると、気取った横文字メニューの店に連れていかれることが多い。

(うどん屋では、色気もないっていう話だろうか)

軽く肩を竦める。

デートという単語が似合うような関係ではないが、色事は色事だ。

そう、これも目的のために。

時計を確認する。

待ち合わせまで、まだ少し時間があるようだ。

（……もう一調べしておくか）

切りのいいところまできたので切り上げたが、ぼんやりしているのも時間がもったいない。

先ほどまで我が物顔で陣取っていた、医局に隣接する資料室へと、聖史は舞い戻る。

大学病院で扱った珍しい症例などは報告書が作られ、学会で研究発表されたのちに、大学図書館行きになる。

この資料室に集められているのは、もっと日常的な記録だ。

きちんとした分類も後回しになっている膨大な量のカルテから、聖史は丹念にひとつの薬の名前を探していく。


……ハーネス。

その薬が、聖史の運命を変えた。

そして、今となっては、生きていく上での最大の目的であり、医師を続ける理由でもあった。

「聖史」

名前を呼ばれ、はっと我に返る。

資料探索に没頭していたせいで、我を忘れていた。

腕時計を見ると、すでに一時間近く経っていた。

「遅くなって悪かったな。会議が長引いてしまって」

低いバリトンは、なんとも言えない甘さを含んでいた。

「いえ、お疲れさまです」

聖史は一応、形ばかりのねぎらいの言葉をかける。

「待たせたね」

「大丈夫です。手持ちぶさただったわけでもないですし」

「君は本当に、過去の症例研究に余念がないな」

資料室にゆっくり足を踏み入れてきたのは、外科部長の石川孝市《いしかわこういち》だ。

聖史の勤め先である私大は、学閥どころか閨閥《けいばつ》までも幅をきかせている。

本当に古い体質だ。

その中で、石川は実力もある上に、学長の娘婿という立場で、強い権力を持っていた。

妻だった学長令嬢は既に亡くなっているが、その権力基盤は盤石だ。

学長の実子は、裏金まで頼ったのに、底辺医大を八浪しても受からなかった奇跡のボンクラと陰口を叩かれていた。

学長自身も、息子の不出来はよくわかっているようだ。

自分の跡継ぎを石川に、そして石川の息子で自分の孫息子である少年へとゆくゆくは財産を引き継がせたいと考えている節もあった。

この石川は、聖史にとって大事な存在だ。

彼は、熱っぽい眼差しで聖史を見つめている。

「研究熱心で、自慢の部下だ」

石川は、さりげなく聖史の頬に触れてくる。

「……病院内ですよ?」

「スリルがあっていいだろう?」

小さく笑う石川は、聖史との火遊びを楽しんでいる。

彼と聖史の愛人関係は、すでに五年以上続いていていた。

新人として医局に入って間もなく、聖史は彼に体を許した。おかげで、若手のうちからどんどん手術の執刀を任され、研究についても優遇されている。

聖史と石川の親密さは、周知のことだった。

さすがに、愛人とは思われていないだろうけれども。

石川は、噂話に頓着しない。

くだらない噂を立てられても、握りつぶせるという自信があるのだろう。

それに、石川はまずまず悪くない上司だ。

それほど敵を作る性格でもないし、学長の馬鹿息子に学長になられるよりはと、医局内は彼を持ち上げる空気が流れていた。

そういう人だから、聖史のことも情欲に溺れて優遇しているというよりも、純粋に能力を買ってくれているようだ。

大学病院として損になるようなことはしないという、明確なラインを彼は引いている。義父である学長も、孫かわいさもあるだろうが、そういうところをわかっていて婿を優遇しているに違いない。

石川は、したたかな大人だった。

いくら便宜を図ってもらうためとはいえ、取るに足らない男だったら、聖史は彼を相手にしなかったと思う。

私情だけで聖史を優遇するというのならば、いつか足下を掬われただろう。そうなったとき、聖史だって失脚する。

共犯者は、有能であってくれたほうがいい。

石川のほどよいバランス感覚が、聖史には都合がよかった。

恋愛感情はない。

しかし、彼に求められる限り、聖史は体を許し続けるだろう。

聖史は、目的があって医師を続けている。

だから、その目的のためになら、自分の体を投げ出すくらいわけもないことだ。

「そろそろ出ないか。食事の時間に遅れてしまう」

聖史の肩を抱いて、石川は囁きかけてくる。

「……はい」

口唇を寄せられ、おとなしく受ける。

聖史から求めることはなくても、石川に逆らうことはなかった。

強烈な感情を、抱いているわけではない。

お互いに、あくまでも節度を持って、情事を楽しむ。

それが、石川と聖史の関係だった。

恋人ではなく、あくまで愛人。自分たちの関係は、そう表現するのが一番しっくりくる。

「今日は、どこに連れていってくれるんですか？」

さりげなく石川の手を振り払うように、聖史は身を翻した。

さすがに、職場でべたべたされるのは好きじゃない。

石川の場合は聖史に目がくらんでいるというよりも、聖史に立場を思い知らせるようにべたべたしてくることがある。

権力志向の強さは、征服欲とつながっているのかもしれない。

彼のそういうところは嫌いではないのだが、聖史は逍遥《しょうよう》と従うタイプではなかった。

石川も、聖史の気性はよくわかっている。

そして、気に入っているふしがあった。

手を払われても、石川は不快な表情にならなかった。

万事スマートな男は、引き際もわかっている。

深追いしないのが、彼のいいところだ。

「最近、できたばかりのところでね。新進気鋭のシェフがこぢんまりとやっている。カウンターもあるから一人で食事をすることもできるんだが、今日は君が付き合ってくれて嬉しいよ」

「そのシェフ、お気に入りなんですね」

「まあね」

「可愛いですか？」

聖史は、小さく笑う。

石川は軽く目を見張り、ふっと微笑んだ。

「……才能のある若手は、みんな可愛いよ」

軽く聖史の目を覗きこみ、彼は笑う。

「たとえば、濱嶋医師のように？」

聖史は、さりげなく新入りの名前を出した。

医局のことであれば、情報を流してくれてもよかっただろうにと、多少の恨み言をこめて。

「ああ、濱嶋医師。あれは、私も今日教えられたんだよ」

石川は、皮肉っぽい笑みを浮かべる。

「彼は、工藤《くどう》副院長の秘蔵っ子みたいでね。私に対して、ささやかに意趣返しをしたいんだろう」

「……副院長の」

聖史は、眉根を寄せた。

学長の馬鹿息子とは、彼のことだ。

聖史の勤め先のような大学病院は、たいてい大学の役職と病院の役職が対《つい》になっている。学長

＝院長、というように。

しかし、副院長は三流医大に裏金を積んでも合格できなかったような出来の悪い男だ。副院長が医師免許を持っていないといけないわけじゃないと、父親の七光りで地位だけは与えられていた。

それでも、医師免許もないのに研究機関である大学の役職につけるのは体裁が悪いと、病院の役職にしか就いていない。

それにしても、濱嶋が副院長に呼ばれたとは思わなかった。

そうだとしたら、ますます近づきたくない相手だ。

できのいい婿とできの悪い実子の折り合いがいいはずがなく、石川と副院長の対立は院内では有名な話だ。

石川はしれっとしているが、副院長のほうが陰湿な嫌がらせを繰り返している。

そのせいで、副院長の評判が余計に悪くなるのだが。

(副院長は、濱嶋のようなタイプにはコンプレックスを抱きそうなものだけどな)

下手の考え休むに似たりというが、真のバカはそんなことにも気が付かない。副院長が自分の派閥を築くために、有能な医師を病院に呼びこむのは珍しいことではなかった。

そうしてやってきた医師たちは、病院内の居心地の悪さにたいていい辞めていく。まともであれば、あるほどに。

副院長の子飼いというだけで、白い眼で見られるのだ。いい気はしないだろう。

最近では、悪い評判でも広がったのか、副院長の傀儡《かいらい》として呼ばれる医師も減ってきた。

わからないのは、濱嶋だ。

なぜ、副院長なんかに呼ばれたんだろう。

だいたい、聖史などは石川べったりだと思われているというのに、どうして近づいてくるのだろう。

……あるいは、わざと近づいてくるのか？

(くだらない)

派閥ごっこに、巻き込まないでほしい。

濱嶋自身は優秀な研究者だろうに、馬鹿なことの片棒を担いでいるものだ。

聖史に会いにきたという彼の言葉は、悪趣味な冗談だったようだ。バカにしてくれたものだと苛立ちを感じた。

「工藤副院長のお声がかりというには、濱嶋医師はご立派な経歴のようですが」

「立派な経歴の医師と知り合うために、自分も立派な経歴が必要とは限らない……ということだよ」

石川は、小さく笑った。

「副院長も、味方が欲しいんだろうな。まあ、いいさ。しばらく様子を見ていよう。優秀な若手は、大歓迎だ」

「……可愛いから？」

軽口を叩くと、石川は思わせぶりな甘やかな表情になった。

「勿論《もちろん》、君が一番可愛い」

歯の浮くような台詞も、嫌味なくらい馴染んでいる。

石川は、この状況を楽しんでいるようにすら見えた。

彼のこういうところは、本当に食えない。

そして、工藤よりも大物である証だ。

「悪い人ですね、あなたは」

聖史は、含み笑いを漏らす。

軽口も、彼との関係においては楽しみの一つだ。あっさりしているところが、聖史は気に入っていた。

真摯な恋愛感情も、濃い情欲も、持ち合わせていない。求められたくもない。

聖史は、自分の分《ぶ》をわきまえている。

たった一つの目的を、抱えていきるだけで手いっぱいだ。

恋愛なんて不要だ。

さっさと歩きはじめた石川に従い、聖史は静かに歩きだした。

自分の進む道に、迷いなんてなかった。


石川とありふれた夜を過ごした、その明くる日。

濱嶋は、初日と同じように聖史にまとわりついてきた。

今回は、勤務時間だけではなかった。

終業後、資料室に籠もった聖史まで追いかけてきたから、始末に悪い。

「熱心だね、なに見てるの？　手伝おうか」

気さくな申し出も、嬉しくもなんともなかった。

「……すまないが、集中させてほしい」

眉間に皺を寄せたまま、聖史は言う。

「他人がいると、邪魔だ」

これくらい強く言っても、どうせ濱嶋には伝わらない。

それに、彼は聖史や石川とは敵対する立場だ。

邪魔な上に、愛想よくしてやる義理も感じない。

「露骨に邪険にされると、悲しいな」

にこっと、濱嶋は笑いかけてきた。

そう言うということは、空気を読んでもあえて無視しているというわけだ。

聖史は、苦虫を噛んだような表情になった。

「君は、なにがしたいんだ」

「気を引きたい」

不意打ちのように、濱嶋は真面目な表情になる。

しかし、あまりにも芝居じみていた。

聖史は、冷ややかに言い放つ。

「悪いが、君に付き合ってる暇はない」

「じゃあ、付き合いたい気持ちにさせようか」

濱嶋は目を細める。

「……なんだって」

「これ、なーんだ？」

おどけた表情で、濱嶋は携帯を取り出した。

その画面には、一枚の写真が映し出されている。

「……っ！」

聖史は、大きく目を見開いた。

写真には、石川と聖史が写っている。

まるで、キスしているような構図で。

おそらく、昨夜顔を近づけるように話していたときの……。

「病院内でも、堂々としたものだね。たしかに、お互い独身なんだから、悪いことじゃないだろうけど。……ただ、周りに受け入れられるかはともかく。特に学長とか、さ」

思わせぶりに、濱嶋は聖史を一瞥する。

ぞっとした。

好青年の仮面を脱ぎ捨てた濱嶋は、まるで猛禽類《もうきんるい》のような目つきをしていた。

獲物を見つめる眼差しだ。

「石川部長が失脚するようなことになったら、あんたも困るだろう？」

濱嶋は、明るい笑顔で言う。

「彼は病院内をきっちり締めているみたいだけど、家庭はどうかな」

「な……っ」

聖史は、大きく目を見開いた。

いったい、濱嶋は何を言い出すのだろうか。

「石川部長には、たしか多感な年頃の娘と息子がいるんじゃない？　いくら母親が亡くなっているとはいえ、父親が男と付き合ってるって知ったら、どう思うかな。そして、可愛い孫に泣きつかれたら、祖父はどういう行動に出るだろう」

「……子供をだしに使う気か!?」

聖史は、思わず声を荒らげる。

手段を選ばない卑怯ぶりは、濱嶋の印象とはかけ離れたものだった。まさか、そんなことを平然と言い出せるとは思わなかったのだ。

「だって、それが一番効率的だろう？」

驚いた。

快活な、好青年そのものの顔をしているのに、なんてことを言い出すのだろうか。

こんな下衆《げす》だとは、思ってもいなかった。

あの副院長とつるむくらいなのだから、相当なタマだということなのかもしれない。

明るい笑顔の下に隠した本性を、彼は露わにしたのだ。

「この病院、随分古い体質の組織みたいだからさ。日本式経営の悪いところが詰め込まれてる感じ？　一度メインストリームから外れたら、大きい仕事任せてもらえなくなるんじゃないの」

まるで冗談みたいに、濱嶋は聖史に打撃を加えてくる。

「……っ」

聖史は、表情を引き攣らせる。

それは、正しい。

しかも石川が失脚して、副院長が台頭することになったら、聖史のような若手の部類が今までのように好き勝手やることは難しくなるかもしれない。

濱嶋は、そっと頬に携帯電話を押し当ててくる。

「……何が目的だ」

感情的になるのは、得策ではない。

聖史は、静かに尋ねる。

濱嶋は、満面の笑みを浮かべた。

「勿論、あんただよ」

近づけられた口唇を、聖史は拒まなかった。

口唇に食らいつかれながらも眉一つ動かさず、聖史は空を睨み続けた。
こんな男になど、視線すら与えてやるものか——。

3

思わせぶりに触れられて、ある種の熱で濡れた口唇に奪われたら、何を望まれているかわからないほど、聖史は初心なわけではない。

濱嶋のマンションに来るよう言われても、何も意外ではなかった。

馬鹿みたいだな、と聖史は思った。

セックスくらい、させてやる。意に沿わないセックスごときで、がたがた騒ぐつもりはない。

聖史にとっては、さして重要なことでもなかった。

もちろん、脅されたこと自体は不快だ。

聖史にだって、人並みのプライドはある。

それにしても濱嶋は、予想を超えた愚か者だったらしい。

副院長の手下の癖に、聖史に色気を出すとは。その俗っぽさが、いつか仇《あだ》になるに違いない。

いや、そうさせてやる。

このまま大人しく、誰が脅されていてやるものか。

港区の湾岸エリア。ジムやバーなどの設備も豊富な高層マンションの上階に、濱嶋の部屋はあった。

いくらエリート医師とはいえ、濱嶋の年齢の医師ではありえないほどの立派な部屋だった。

彼がどれほど好待遇で日本に招かれたのか。その一端を、伺い知ることができる。

「……副院長は、随分君を買っているんだな。私の月給では、とてもこんなところに住むことはできない」

聖史は、あきれまじりに言う
「ああ、工藤さんはよくしてくれるね」

嫌味のつもりだったのに、さらっと流されてしまう。

飄々《ひょうひょう》とした笑顔で、濱嶋はリビングの片隅に設えられたバーでカクテルを作りはじめた。

「好きなものある？　俺、バイトでバーテンダーやっていたことがあるから、リクエスト聞けるよ」

「遠慮する」

「毒なんて入れないよ」

「気分の問題だ」

聖史は、冷ややかに濱嶋を一瞥する。

「早く用件を」

わかっていながら、無表情に言い渡した。

口唇の感触がよみがえる。

あんなふうに奪われれば、いやでも思い知らされる。

自分が、男の捕食対象にされてしまったことを。

(何を考えている)

濱嶋はゲイなのだろうか。

副院長派の人間として、聖史にちょっかいを出すことで石川に揺さぶりをかけたいということなのだろうか？

そういうわけではないだろう。男にまったく興味がないなら、体を張ってまで聖史を奪うはずがない。

飼い主に、さっさと石川と聖史の関係を打ち明けるだけでいい。

(趣味と実益を兼ねているっていうことか)

彼は来日して間もない。何も、昨日の今日で副院長に義理を果たすことはないだろう。

それよりも、しばらくは副院長に何もいわず、石川と聖史を強請《ゆす》っていたほうが、美味しい思いを長く続けることができるに違いない。

（腐ってるな）

やることが低俗すぎる。

しかし、聖史には好都合でもあった。

強請られて、濱嶋の性欲解消に付き合い、いくらかの金を握らせておけば、その間に、石川と対策を練ることができる。

報復だって、できるだろう。

もちろん、副院長だけではない。目の前の小賢《こざか》しくつまらない男に、痛い目を見せてやる。

優秀な医師らしいが、人間としては最低だ。

聖史だって決してよい人間ではない。濱嶋とは、仲よく底辺の付き合いになりそうだった。

濱嶋は、聖史とは縁遠い人間としか思えないのに。

濱嶋の実績を少し調べてみたが、救急救命というハードな現場で働きながらも、立派な研究実績を持っていた。

日本の臨床の医師では難しい、業績の持ち主だ。

そんな彼が、どうして副院長ごときの三下に甘んじているのか。

まともな研究者だと思っていたのに……。

業績のわりに人間性が残念な医師なんて、どれだけでもいる。それはわかっているけれども、なぜという気持ちが消えない。

何も、濱嶋の好青年風の見かけにたぶらかされているつもりもないのだが。

(とにかく口止めする必要があるな)

苦々しいが、聖史としてはさっさとケリをつけたかった。

そのためには、なんだってする。

今までしてきたように——己の体を使うことになろうとも。

(ヤるなら、さっさとヤれよ)

聖史は、内心毒づいた。

(レコーダーのバッテリーが持っている間に)

聖史は、シャツの下を気にしていた。

セックスを強制されたくらいで、しおれてたまるか。

それに、無能な副院長の顔色を窺って生きていくのもまっぴらごめんだ。

今回脅されているのは、石川にも責任の一端がある。だが、彼に相談をする前に、自力でどうにかしたかった。

脅されたと泣きつくだけなんて、そんなみっともない真似はしたくなかった。

濱嶋が聖史を脅迫するというのなら、聖史もまた濱嶋を脅迫してやろうじゃないか。

罠は、二重に三重にしかけている。

(見せてみろよ、おまえの本性を)

恥知らずで、貪欲で、欲望を抑えきれない。図体だけ大きくなって歪んだ性根を、暴き出してやろう。

弱みをつかまれたくらいで、聖史は屈服したりしない。

そんな覚悟で医師をしていない。


……今の人生を、選んだわけでもなかった。


「急かさなくてもいいだろう？　夜は長いんだし」

濱嶋の指先が、聖史の頬をなぞる。

口唇には、甘ったるいアルコールの味。口移しで与えられたそれほど、まずい酒を飲んだのは初めてだった。

時間は、無駄に消費されていく。

「俺は、あんたとゆっくり話をしたい」

「終電までの時間はそんなに長くない」

冷たい表情のまま、聖史は言い捨てる。

なにが話をしたい、だ。

欲望剥き出しで、聖史をこの部屋に連れこんだくせに。

(ヤリたいなら、さっさとヤればいいのに)

恰好をつけることなどない。

濱嶋の欲望は、お見通しだった。

「泊まっていけばいいじゃないか。どうせ、明日は休診日だし」

「用事がある」

さりげなく腰を抱こうとする腕を、聖史はかわす。

そういう態度が男の征服欲を煽ると、十分わかった上で。

(ほら、私にがっついて見せろよ)

体を意識させるように拒んで見せながら、聖史は挑発していた。

挑みかかってくればいい。

服を脱ぐ間も惜しんで。

そうすれば……。

「冷たいな」

「……っ」

濱嶋の手に、力がこもる。

出し抜けに引き寄せられ、聖史は表情を歪めた。

「あんまり冷たくすると、家に帰しちゃうよ」

からかうように、濱嶋は聖史の顔を覗きこんできた。

「そんなことになったら、困るだろう？」

「なにを言うんだ」

聖史は、眉をひそめる。

まさか濱嶋は、聖史が濱嶋と寝たがっていると思っているのか。

冗談じゃない。

いくら石川の愛人をしているとはいえ、やたら男を銜《くわ》え込む趣味はなかった。

「……だって、ほら」

「……！」

聖史は目を見開いた。

濱嶋は器用にスラックスのポケットに手を突っ込んでくると、聖史が隠していたものをあっさりと引き出してしまった。

超小型の、録音器を。

(……この野郎)

聖史は、目を眇める。

ただの欲ボケしたバカではない、というわけか。

「案としては、悪くないけど」

濱嶋は、小さく笑う。

「だからといって、あんたの思い通りにはならない」

「あいにく、君の思い通りにもならないだろうな」

さすがに聖史は、動揺を押し殺すだけで精一杯だった。

この場を取り繕えない。

顎を引き、侮蔑をこめた視線を濱嶋に投げつけることが、今の聖史にできる精一杯の強がりだった。

濱嶋は、わざとらしく録音器に口づけてみせた。

「……あんたのこういうところ、すごく好き。ますます、欲しくなる」

（ふざけたことを）
聖史は、冷ややかに濱嶋を睨みつけた。
副院長に命じられて近づいて、そのついでに遊んでいるだけだろうに。
顎をつまみあげられ、顔を上へと向けさせられる。
今この状態で、聖史が彼を拒めるはずがない。
睨みつけてやったが、濱嶋の笑みがかき消えることはなかった。
そして、笑ったままの口唇が、聖史のキスを強引に奪った。

「……あっ、く……ひっ！」
聖史は小さく声をもらし、思いっきり背を反らせる。
そうすることで、熱を逃したかった。
濱嶋の腕から、与えられる快楽から、逃れたかった。
でも、それは許されない。
馴れきったはずの快感に、どうしてこんなにも揺さぶられるのか。

理不尽さすら感じる。

キスされている間に、衣服はすべて奪われた。

全裸で横たわったシーツは、あまりにも冷たかった。濱嶋の前で、何もかも暴かれようとしていることを意識させられる。

屈辱だった。

小細工を暴かれた悔しさは、ちょっと言葉にできないほどだ。手玉にとってやろうとして、返り討ちにされてしまうなんて。

しかし、プライドが傷ついたことなんて、たいして問題ではない。

セックスを強いられることだって、耐えられないほどじゃなかった。

弱みを掴まれたのが、何より問題だった。

聖史はどうしても、今の立場を失うわけにはいかなかった。失脚や、医局からの追放などもっての他だ。

濱嶋なんかにはきっと理解できないだろうが、聖史にはしなくてはならないことがある。

その目的を果たすためだけに、生きてきた。

肉体を傷つけられようと、矜持を折られようと、たった一つ目的を果たすことができればいい。

究極的には、命すらいらない。

そう思っていたのに、与えられる快楽に体が反応している。それが、悔しくてたまらないのだ。

(馬鹿な男だ)

男の指で性器をあらゆる方法でいじられ、尿道に舌までねじりこまれ、あふれる先走りをすべて吸いあげられると、頭の芯まで真っ白になりそうだ。それほど、強烈な快感だった。

それでも、理性を失いたくなかった。

聖史は何かのようがにするように、ずっと濱嶋をののしり続けていた。

濱嶋はこの行為から、いったい何を得るのだろう？

上司の犬になって、敵派閥の人間を陥れるなんて、まともな研究者がすることではない。欲しいのは出世か、金か。

何にしても、器量が小さい。

こんな男を喜ばせるのは癪だ。

だが、男に抱かれることに慣れきった体は、濱嶋の手管に喘がされてしまう。

「……っ」

先端をなめられながら、性器を軽くしごかれると、思わず濡れた息が漏れる。

「気持ちいい？　まだ触れただけなのに、先っぽから濡れはじめてる」

(これのどこが「触れただけ」だ)

悔し紛れに、心の中で呻く。

こんなにもねっとりと、聖史の性器を味わっているくせに。

セックスを弄《もてあそ》んで、勝ち誇ったような男の声は、どうしてこんなにも安っぽいのだろう。

ガキか？

聖史は、思わず表情を歪めた。

「俺の指、気に入ってくれた？」

敏感すぎるその場所に指の腹を押しつけ、わざと裏の筋を潰すように濱嶋はまさぐりはじめた。

筋が目立つほどに勃起していることを知らしめられ、頬に血が上る。

いくら生理的な反応とはいえ、濱嶋ごときに触れられ、感じるとは。

嫌がったり、逆らったりだとか、反応よくすれば濱嶋を喜ばせるのはわかりきっている。しかし、さすがに無表情でいることができなかった。

罵倒の言葉を心の中にあふれさせようとしても、ふいに意識が快楽に塗りかえられそうになっている。

苛立ちを噛みしめるように、口唇を噛む。

「怖い顔をしてる」

濱嶋は、小さく笑った。

「俺に抱かれるの、そんなに嫌？」

「……君という男の器の小ささに呆れてる」

絞りだすような声で、聖史は吐き捨てた。

虚勢ではない。

本気だ。

「そう？　セックスに必死になる男は好みじゃない？」

神妙な表情を作り、濱嶋は尋ねてくる。

「……」

聖史は、冷ややかな眼差しを濱嶋へと向けた。

よく口がまわる男だ。

(何を言い出すのやら)

言葉を弄《ろう》して、聖史を惑わそうというのか。

あるいは、そうすることで本心を隠しているつもりか。

熱心に聖史の表情を覗きこんでくる眼差しが、鬱陶しくて仕方がなかった。

「俺は、必死になれないセックスなんて、つまらないと思うけど？」

「私にとっては、どうでもいいことだ」

聖史は、ふっと顔を背けた。

「セックスも、君も、どうでもいい」

「……そう」

濱嶋の声が、ワントーン低くなる。

「そんなこと言われると……」

「萎えたなら、さっさとどけ」

「違うよ。燃える」

濱嶋は、にやっと口の端を上げる。

「『どうでもいい』なんて、言えなくしてあげる」

「くだらないな」

「俺にとっては、そうでもないんだ」

「……あっ！」

性器の先端に、爪を引っかけられる。尿道を引っ張るように爪でくじられて、聖史は思わず声を漏らした。

さすがに、そこの粘膜は弱い。

痛みにも、快楽にも、同じように。

「少しくらい、痛いのがいい？　……それとも、恥ずかしいのが好き？」

まるでいたずらを持ちかける子供のような調子で、濱嶋は尋ねてきた。

「どちらもお断りだ」

「教えてくれなくてもいい」

濱嶋は笑う。

「俺が、あんたを暴くから」

子供っぽさすら感じる明るい笑みは一転、獰猛な野獣の舌なめずりに変わった。


濱嶋の手管になんて、感じてたまるか。そう思っていたのに、彼はあまりにも強引に、そして強烈に、聖史の体に挑んできた。

心は閉ざされても、体は開かれていく。

男の性器は快楽に弱い。

聖史のそこは、セックスの楽しみをあまりにも知り尽くしてしまっているから、的確な愛撫には従順になっている。

濱嶋の愛撫は執拗だった。

聖史の性器をなめ回す。

ひたすら、唾液でべとべとになるまで。

聖史自身がこぼす先走りは、一滴残らず啜《すす》りあげられてしまった。

下半身から、ひっきりなしに濡れた淫猥な音が聞こえてくる。

聖史には、なすすべもなかった。

「悔しい？　俺の声もだけど、あんたのいやらしい音まで、こんなふうに録音されてるし。策士策に溺れるって、このことだよな」

楽しげに、濱嶋は笑っている。

彼は、聖史から奪ったレコーダーを、いじりまわしていた。

「あ……っ！」

ぴちゃぴちゃと音を立てながら、濱嶋は聖史の下肢を舐め回る。

唾液をたっぷり載せているせいか、粘つくように水音が響く。鼓膜にこびりつき、淫猥に染められていく気がした。

「はは、いやらしい音」

濱嶋は、小さく笑った。

「……録音したのはさ、俺が大事に持っておくよ」

濱嶋が、楽しげに笑っている。

「最高にクールな音源じゃないか。あんたと寝られない日は、これ聞きながら一人でオナニーしてもいいくらい。あんたも、手元に置いておいたら？　こんなにいやらしいんだから。音だけで濡れてくるんじゃないの」

「馬鹿にするな……っ！」

聖史は、ぎりっと口唇を噛みしめた。

冗談じゃない。

二重にも三重にも、貶《おとし》められる。

こんなことで、傷つかない。でも、悔しさは抑えがたく、聖史の頬を怒りに染めた。

いずれは、録音した音声を副院長に献上するつもりなのだろう。

けれども、その前に、彼は自分のお楽しみも忘れないつもりらしい。

濱嶋は、隅から隅までたらふく、聖史を味わおうとしているように見えた。

心も体も、心ゆくまでなぶって。

（……覚えてろ……っ）

今の状況は、圧倒的に不利だ。

そのことは、濱嶋もよくわかっているのだろう。

けれども、そうやって濱嶋が勝ちにおごっている間に、必ず彼に復讐してやると聖史は誓った。

このままでは、終わらせない。

絶対に！

「馬鹿になんてしてないのに、怒りっぽいなあ。……でも、気の強い人は好きだよ」

濱嶋は、余裕の笑みを浮かべている。

「そうじゃなかったら、堕としたいとは思わないから」

「ひ……んっ！」

前立腺を強く押されて、聖史は跳ねた。全身を貫く快楽を、とても耐えられそうにもなかったのだ。

「や、め……っ」

いくら快楽になれてるとはいえ、前立腺をいじられながら、性器を舐められるのは初めてだった。

石川は、あまり聖史の快楽のために奉仕をしたりしない。

もっぱら、聖史に奉仕させるのを好んだ。

石川は、聖史の快感を無視しているわけではなかった。けれども、濱嶋ほど徹底的に、聖史へ快感を与えるようなものでもなかったのだ。

(おかしく、なる……っ)

下腹をうねらせ、聖史は激しくあえぐ。

愛撫から、こんなに強烈な快楽を得ることができるなんて知らなかった。

聖史は、喉奥で快楽の嗚咽をこらえる。

達けるものなら、達したかった。

しかし、濱嶋は性器の根元を巧みに押さえ、震える棒への愛撫を控えている。

彼が触れるのは前立腺、そして性器の先端だ。

弾力のあるそこをなめ回し、歯を立て、吸い、舌と口唇でできる、ありとあらゆる愛撫を加えてくる。

しかしそれでは、聖史は達けない。

もっと直接的な刺激がなければ。

だが、濱嶋はそれを聖史に与えず、じわじわと弄びつづけるのだ。

「やめない」

反り返った聖史の性器を舐めまわしながら、聖史はほくそ笑む。

「もっと乱れて。素顔のあんたを見せて」

「……ふざ、け……っ」

「本気だよ。悪ふざけで、ペニスなんて咥えられると思う？」

「ひゃう……っ！」

尿道に舌をねじこまれ、思わず聖史は嬌声を上げてしまう。

粘膜をいたぶられる快感は、今夜のセックスで徹底的に教えこまれたものの一つだ。

性器をしごかれる快感とはまた別種の、もっと強烈な感覚で、聖史を悩ませる。

「……だから、あんたにも、本気で欲しがってほしいな」

欲望がしたたるようなかすれ声で、濱嶋は言う。

「気持ちよすぎて、俺のペニスが欲しいっておねだりできたら、ずっと…こうしていてあげるよ」

嘯いた濱嶋は、聖史の性器へと食らいついた。

起きているのか、眠っているのか、自分でもよくわからないような微睡の中では、ろくでもないことしか思い出せない。

もう、何年も前の……。

4

「パパは、お医者さんを辞めたのよ」

声を潜めるように、教えてくれたのは二つ上の姉だった。

「そのことで、ママと喧嘩してるから、聖史は近づいちゃダメ」

リビングのドアの隙間から、洩れ聞こえてくる両親の声が、気になって仕方がない。でも、そんなふうに姉に止められ、それ以上近づくことなんてできなくなった。

両親が喧嘩するなんて、信じられなかった。

そんな姿を、見たことはなかったから。

でも、後になって考えれば、その時まで両親の諍いを見なかったのは、当たり前のことだったのかもしれない。

父親は仕事熱心で、家にはまったくいない人だった。

そもそも、両親揃って一緒にいるという状況が、極端に少なかったのだ。

父は医者。

研究熱心な医者だった。

家族という言葉で真っ先に思い出すのは、母と姉。けれども、父は別格だった。

「とっても立派なお医者さんだからパパは忙しい」という母の言葉を無邪気に信じていた。だから、「愛する家族」というよりも「尊敬する家族」だった。

たまに家にいる父のところに遠慮がちに近付いていくと、その膝の上で聞かされたのは仕事への情熱だった。

父は、子供のための言葉を使うことはない人だったから、難しいことばかり話をした。でも、言葉の意味はわからずとも、伝わってくるものはある。

そしてなにより雄弁だったのは、彼の病院に入院したときに、ひっそりと病院探検をして見つけた、働く父の後姿だった。

「ありがとうございます、先生」という、患者が父に捧げてくれた言葉には、見ているほうまで胸が熱くなった。

その父と、優しい母が喧嘩をするなんて、考えてもみなかった。

いったい、なにがあったのだろうう。


「子供たちのことも、考えてよ。これから、いったいどうすつもり……！」


耳をつんざくような、甲高い声が響く。

母の声だ。

思わず、身体が強ばってしまう。

それほど恐怖を感じた。とても、母のそれとは感じたくなかったほどだ。

母は続けて、大声でわめき立てる。

けれども、言葉の意味はよくわからなかった。

ただ、とても怖くて。

震えて。

いつしか、姉と身を寄せ合っていた。

「それでも」

感情的な母のわめき声が、ふいに遠くなる。

父の声が、やけにはっきりと聞こえてきた。

いつもは、おしゃべりな母の前では、ほとんど話をすることなんてなかったのに。

「それでも、私は正しいことをした」

父の声に、迷いはない。

一方的にまくしたてる母を、黙らせる強さを持っていた。

「……悔いはない。やらねばならないことだった」

胸を突かれた。

なにが起こったのかは、わからない。それでも、幼いながらにも、その言葉には信念が宿っていることを感じていた。

だから。

だから、聖史は……。


あれは、家族が散り散りになる直前の記憶。

機械的なシャッター音で、聖史ははっと我に返った。

(写真……っ!?)

拡散していた意識が、一気に焦点を絞られる。

聖史は、思わず飛び起きた。

「あ、おはよう」

携帯片手に笑う濱嶋の顔を見た瞬間、自分の身に起こったことすべてが聖史の脳裏を駆けめぐった。

ざっと、全身の血が引いていく。

(写真まで撮られた……!)

意識を失えば、こうなることは見えていた。それなのに、自分がふがいない。

あられもない声を録音されて、写真まで撮られて。二重にも三重にも、弱みを握られてしまったのだ。

なにもかも、許せない。

誰よりも、自分自身が。

感情的になっても、相手を調子づかせるだけだとわかっていても、どうしても我慢できなかった。

「この……っ！」

我を忘れ、思わず聖史は濱嶋に掴みかかる。

冷静さを取り繕うことは、できなかった。

濱嶋に対しての攻撃は、自分自身への攻撃でもある。怒りと悔しさとが入りまじり、聖史を衝動的に動かしていた。

しかし、無理をさせられた身体は言うことを聞いてくれず、そのまま倒れこみそうになってしまった。

「……く…っ」

まるで、下半身がぬかるみに浸かっているかのようだった。

全身が悲鳴を上げている。

セックスには、慣れている。けれどもそれは、あくまで楽しむためのセックスだ。

暴力的にむさぼられ、奪われ、快楽を引きずりだされるようなセックスは、濱嶋にされたのが初めてだった。

自分の感覚以上に体のダメージが大きいのは、そのせいなのかもしれない。

「大丈夫？」

難なく聖史を避けた濱嶋は、逆に片腕で崩れかけた身体を支えた。

傍若無人に振る舞った彼に、ダメージはないのだろうか。疲れの色はまったく見えない。

さしのべられた腕を、思いっきり聖史は振り払った。

「私に触るな！」

「……怖いなあ」

のんびりとした口調で聖史をいなして、濱嶋は屈託なく笑った。

「でも、あんたのそういう表情を見るのが俺は好きだよ」

「悪趣味野郎め」

聖史は吐き捨てる。

こんなことを言っても、まったく濱嶋は堪えないだろうということが、無性に腹立たしかった。

「そんなに嫌わないでよ」

濱嶋は、軽く肩をすくめる。

ありったけの怒りをぶつけている聖史を、軽くスルーするつもりらしい。

心の底から馬鹿にされているような気がして、頭に血が上りそうになる。

「これからも、あんたには仲良くしてほしいし」

これ見よがしに携帯を振られ、聖史は口唇をかみしめる。

「あ、この携帯電話をどうにかしたって無駄だから。先に言っておくけどさ、データはもうパソコンに転送ずみ。そのパソコンは、ここには置いてないから」

しれっとした表情で、濱嶋はとんでもないことを言い出した。

(脅迫する気か……!?)

一度だけでは、すまさないつもりか。

冗談じゃない。

これ以上、濱嶋に付き合っていられない。

それなのに、こんな古典的な脅迫に引っかかり、無視しきれない自分は本当に馬鹿だ。

だが、病院内で立場をなくすのだけはまずいのだ。脅迫者を調子に乗らせるとわかっているだけでも、どうにかこの場を収めたい。

(これからのことは、石川さんに相談するにしても……)

ぎりっと、奥歯を噛みしめる。

濱嶋の要求に従うふりをして、時間稼ぎをするしかないのだろうか。

「回りくどい真似をするな。……何が目的だ」

聖史は、単刀直入に切り込んだ。

濱嶋には、駆け引きは無意味だ。まわりくどいことをしたら、煙に巻かれてしまう。それならば、さっさと本題に入ったほうがいい。

「目的って？」

濱嶋は首を傾げる。

その様子が、とぼけているようにも見え、苛立たされる。

たいした役者だ。

「副院長のために、私の弱みを握りに来たのに、余計な色気を出したんだろ？　副院長への報告を引き延ばす間に、私を脅迫して二重においしい思いをしようと……」

「工藤さんが、どうしてここに出てくるんだ？」

濱嶋は、いぶかしげな表情になる。

「怖い顔だな。美人だけど」

顎に手をかけられ、顔を上に向けさせられる。なすがままになりながらも、聖史は濱嶋をにらんでいた。

「ごまかすな」

「人聞き悪いなあ。……確かに、工藤副院長には世話にはなってるけど」

「白々しい」

聖史は、濱嶋の手をはたく。

冷ややかな目で、聖史は濱嶋を見据えた。

「私を脅迫したいのは、わかっている。直球で来い」

「……いや、本当になにを言われているかわからないけど」

濱嶋は、軽く肩をすくめた。

「そりゃ、あんたがあまりにも振り向いてくれないから、つい強引なまねはしちゃったけどさ」

「この期に及んで」

聖史は侮蔑の視線を投げかける。

まだ、恋愛ごっこをするつもりなのか。

「いや、本当だって」

人を食ったようなことを、濱嶋はいう。

茶番に付き合うのは、うんざりだ。

聖史は呆れ声になる。

「副院長の頼みで、私を強請るネタを作るためにこんなことしたんだろう？」

「え」

「彼にとって、石川部長はじゃまで仕方がない存在だから。……そして、彼に寄り添う私も。だから、弱みを握るために近づいた。違うか？　君は、彼の手のものだろう」

「ちょっと待ってくれよ！」

濱嶋は、がしがしと頭を掻く。

「それ、なに。日本でいう、派閥争いって奴？　勘弁してくれよ」

うんざりという表情で、濱嶋は言う。

「なんで、俺がそんなことに協力しないといけないわけ？」

「副院長のお声がかりで来日したじゃないか」

「そんな、つまらない争いに荷担する趣味はない。それに俺、つるんでなにかするっていうのが苦手で、日本飛び出したのに」

濱嶋は、強引に聖史の腕を引く。

彼に抱き寄せられかけ、聖史は濱嶋を振り払おうとする。

でも、濱嶋もあきらめない。

前よりももっと力強く、聖史を抱きしめようとした。聖史はあらがうが、再びシーツの上に押し倒されてしまった。

たくましい胸板が、背中に押し当てられる。

その分厚い筋肉の感触が、昨夜の悪夢を思い出させた。

「く……っ」

聖史は、口唇を噛みしめた。

聖史のうなじへと、濱嶋は口づけてくる。

「俺は、あんたに興味がある。……俺は結構フレンドリーにしたつもりなに、すごくつれないから、興味が高じってこんなになっちゃったけど」

笑いを含んだ声で、濱嶋はいう。

聖史は、思わず目を見開いた。

尻の狭間に、硬いものが当たっている。

それを誇示するように、濱嶋が腰を揺らしたのだ。

(……こいつ……!?)

聖史は、思わず濱嶋を振り返ってしまった。

目が合うと、彼は笑いかけてくる。

欲情を隠さないくせに、からっと明るい笑顔だった。

「……君は、海外生活が長いせいか、日本語が苦手なんだな」

聖史は毒づいた。

「俺、何かへんなことを言っている？」

「なにもかも」

あくまでもとぼけ続ける男に、聖史は冷たい侮蔑の視線を投げつけた。

「……でも、これはわかるだろ？」

柔らかい尻が、硬くなった濱嶋の性器の形に窪んでしまう。その実感に、聖史は吐き捨てた。

「セックスで弱みを掴もうとするとは、下劣すぎる」

「弱みって……」

心の底から不本意そうに、濱嶋は呻く。

「俺とのセックス、気持ちよかっただろう？　意識飛ばすくらいだもんな。弱みっていうより、弱い？　なんか、本当に俺の日本語がおかしい気がしてきたんだけど……」

聖史の髪へ、首筋へ、肩へ、濱嶋の口唇がふれてくる。

タッチは優しかった。

そして、焼け付くほどに熱い。

「俺はあんたが欲しいだけだよ」

「ふざけたことを」

聖史は、鼻で笑う。

「なんでわかってくれないの？　あんただって、石川部長と付き合ってるんだろ。同じだよ、恋心」

「……そういうのじゃない」

思わず、苦々しい声になる。

「私とあの人は、そんな関係じゃない」

「何それ」

濱嶋は、理解できないという声音になる。

「君には関係ない」

「関係ある。だって、俺はあんたがほしいんだし」

まったく、話にならない。

聖史はこれ見よがしに、溜息をついた。

「君と私は、理解しあえないだろうな」

なんのために、聖史が石川と関係を持っていると思っているのだろうか。

くだらない色恋沙汰じゃない。

医学の世界にいる上で、聖史はひとつ不利になる経歴がある。

けれども、それゆえにこうして医師になったのだ。

自分のために。

そして、誰よりも……。

聖史は、シーツを握りこむ。

そうして、こみ上げる衝動をこらえるように。

聖史の心を揺すぶるのは、家族が離散した日に起因する、たった一つの誓いだけだ。

もちろん、濱嶋になんてそれを言うつもりはないのだが。

「ミステリアスなのも、嫌いじゃないよ」

思わせぶりに、濱嶋は笑う。

「君の頭の中は、花でも咲いているのか」

脱力してきた。

副院長の手先だろうが、そうじゃなかろうが、とにかく濱嶋は聖史の調子を狂わせる。マイペースすぎるのだ。

人間的に、絶対に合わない。

「……俺は、あんたを抱きたい」

ふと、濱嶋の声のトーンが落ちる。

「本当に、それだけだ。アンフェアなことをしたから、怒ってる？　他人のものを盗むんだって腹を決めたら、暴走しちゃってさ」

濱嶋の口調は、少し神妙なものになる。

相変わらず、内容はふざけているのだが。

「俺は、あんたが俺の相手をしてくれるなら、石川部長とのことを誰にも言うつもりはない。……あんたが勘ぐってる、工藤副院長にも」

「……信じられるか」

濱嶋の言葉に、聖史は眉を寄せる。

本当だとしたら、僥倖《ぎょうこう》だ。だが、あっさり信じられるわけでもない。

副院長の手下だとしても、簡単に自白はしないだろうし。

「信じてよ」

濱嶋は、困惑したようにつぶやく。

演技か、本気か。

彼の声からは、感情が伝わってきやすかった。

「なんだったら、俺とあんたがセックスしてる音声、コピーして渡してもいい。工藤副院長に俺が余計なことを言ったら、それを公開してもいいよ」

濱嶋は、思いがけないことを言い出す。

「石川部長にダメージを与えず、俺とあんたで相打ちになるだろ？」

「……本気か？」

聖史は、うかがうように問いかける。

濱嶋を信用したわけじゃない。

だが、音声のコピーを渡してもらえるとなれば、こちらにひとつ有利な武器ができる。

どうせ、不利な一方なのだ。この提案に、乗らないわけにはいかない。

「本気だよ」

濱嶋は、にっこり笑った。

「石川部長とのことは黙っているから、俺に抱かれて」

腰が、深く重ねられる。

「……これ、受け入れてよ」

「や……っ」

濱嶋は盛んに聖史に性器をこすりつけてきた。

すっかり勃起し、硬くなり、侵略しやすい形に変わっている男のそれは、わざとらしく聖史の後孔をくすぐっている。

強引にねじこまれたそこは、まだ少し開き気味だ。内側も熱を持って、身じろぎすると濱嶋に注がれたものがあふれそうだった。

　性器の先端にキスされると、ひくっと反応してしまう。

「副院長には、何も言わない。……それくらい、信じてよ」

「……信頼の押し売りほど、うさんくさいものはないな」

「手厳しいなあ。……でも、考えてみてよ。あんたが俺を破滅させたいなら、このまま警察に駆け込んで、同僚にレイプされたって言えばいいだけじゃん」

　確かに、その通りだ。

　聖史が腹をくくって、体液のＤＮＡ鑑定などをしてもらえば、濱嶋は言い逃れができない。合意か、合意ではないか、醜い争いを繰り広げることになるだろうが……、病院に知られたら二人とも終わりだろう。

「……でも、俺が石川部長とあんたとの写真を持っている限り、あんたも俺と相打ちはできないんだよね。そうだろう？」

「ああ……」

　濱嶋の真意を計りつつ、聖史はうなずいた。

　濱嶋の腹の底までは理解できなくても、口封じはできるかもしれない。だから、慎重に応じてやる。

「俺は、お守りがわりにあんたたちの写真を持っておきたい。ただ、それだけ」

たちの悪い脅迫者のくせに、濱嶋はやけに明るい口調だった。

「副院長がどうのなんて、関係ない。俺は、あんたが欲しいだけだよ。どういう方法でも、ね」

濱嶋は、よほど嘘がうまいのだろうか。

どれだけ耳を澄ましても、嘘をついているようには聞こえない。

動物的に、本能のまま、聖史を欲した。本当に、ただそれだけだと言わんばかりにしか見えないのだ。

「……私は、君が理解できない」

聖史は、思わず本音を口走っていた。

「私を抱きたかっただけだと？」

「そう。俺のものにならないって、わかってるけどね」

濱嶋は、聖史の体の向きを変える。

シーツの上に仰向けになった聖史へと、濱嶋は口唇を近づけてくる。

「でも、どうしても欲しかった」

聖史は目を眇める。

「……目的を隠す為の言葉にしては信じがたいし、レイプ犯のいいわけとしては凡庸で安直だな」

「でも、本当のことだから。そうとしか言いようがない」

まっすぐ、濱嶋は聖史を見下ろしてくる。

あけすけに欲望を口にし、好意をたれ流す。

そのくせ、聖史にこんな仕打ちをしている。

この男の言葉を、信用していいのだろうか。

欲しい気持ちが高じただなんて、低俗ないいわけだ。

それで許せると、本気で思っているのだろうか。

（いや、許されるつもりもないんだろうな……）

子供みたいな男だが、大人のずるい割り切り方もしている。自分のしたことは許されないということを理解しているのに、開き直っている。

とんでもない男だ。

「俺のものになって」

ねだるような口調で、濱嶋は言う。

「石川部長がいることには、今は目をつぶってもいい。だから、俺と一緒にいて、ちゃんと振り返って。……こうやって、見つめて」

「……そんなことをして、どうなるんだ？」

聖史は、慎重に尋ね返す。

理解しがたい男を、真っ直ぐ瞳に映して。

「一緒にいたら、あんたが俺のよさがわかってくれるかもしれないだろ」

あきれて、ものも言えないとはこのことだ。

聖史は、思わずだまりこんでしまった。

子供っぽい？　本能的？　どういえばいいのだろうか。主人と一緒にいたくて、気を引きたくて、吠える犬みたいだ。

「そうしたら、石川部長より俺のほうがよくなるかもしれないじゃん」

恋心を、ねだられている。

見栄もなにもなく。

濱嶋の態度を、言葉を、そのまま解釈すれば、そういうことになってしまう。

「……君はバカか」

濱嶋の言葉が、本気なのかどうか、まだ疑っている。

けれども、その表情を見ているうちに、茶番に付き合ってやってもよいような気がしてきた。

目的をごまかすための嘘だと、一刀両断しなくてもいいように。

「あんたのせいで、馬鹿になってるね」

そう言って笑うのは、聖史の変化を察したからだろう。
馬鹿じゃない。
空気は読む。
大人のずるさも持っている。
そのくせ、子供のように自分の欲望を抑えない男。
(なんだ、こいつは)
聖史は、肩の力を抜いた。
もしも本当に、濱嶋が工藤につく気がないというのなら、聖史にとっては利点になる。
今更、男に抱かれるのがダメージだなんていうつもりはない。
それで丸めこめるなら、寝てやってもいい。
けれども、内心の妥協は言葉にはしない。
「言葉だけじゃ、信じられないな」
わざと突き放すように、聖史は言う。
「もちろん、行動で示すよ」
誘いこむ言葉に、濱嶋は無警戒で乗ってきた。
「望むなら、お姫様みたいに扱ってあげる」

「お断りだ」

どうしてもふざけているとしか思えない、濱嶋の言葉につれなく返す。

しかし彼は笑って、「ようやくこっちを見た」と嬉しそうにつぶやいた。

5

たとえ、同僚に脅迫される立場になろうとも、無理やりセックスをねだられるようになろうと、聖史は変わるつもりはなかった。

淡々と職場に来て、そして自分のやるべきことをやる。

心臓だったり、肝臓だったり、血液だったり。悪い箇所はばらばらだが、手術歴のある患者たちの履歴を、丹念に追う。

それが、聖史の日課だった。

探しているのものの中で一番古いのは、十年くらい前のものだ。勤め先がカルテの処分を面倒がって、無為に保存していてくれてよかったと思う。

おかげで、医局に隣接する資料室の半分は、自分が倉庫から探しだした、必要なカルテと入れ替えることができた。

下準備に時間はかかったものの、調べものは飛躍的にしやすくなった。

おかげで、もう一息というところに来ている。

石川の愛人になったのも、病院で自由に動きまわるためだ。

彼の黙認のもと、聖史は自分ひとりで、調べものを続けることができている。

その調べものこそ、生きる目的だった。

(父さん)

聖史は、白衣の胸ポケットをそっと抑えた。

そこには、お守りのように小さな紙片を入れている。

古ぼけた新聞記事の片隅に、手書きで文字が加えられているもの。おそらく、聖史以外の人にとっては、何も価値がないだろう。

「聖史」「成美」そして「後悔はない」。

その言葉がしたためられた小さな紙片は、離ればなれになった後、二度と会うことができないまま失った、父の形見だった。

聖史の家族が離散したのは、聖史が小学生の頃のことだ。

聖史の父は医師でありながら、高潔な人柄だった。

いつも患者のことを第一に考え、身を粉にして働いていた。

家にも、ほとんどいなかった。

専業主婦だった母親はいつも子供たちにべったりで、おかげで寂しさも感じずに、聖史は姉とともにかなり恵まれた幼少期を過ごしたと思う。

ところが、その生活は一変した。

父と諍いが増えた母は、聖史と姉を連れて家を飛び出した。そして二年後には、実家に聖史たちを預けて、身一つで再婚したのだ。

当時の聖史には、事情がわからなかった。

父に会えない寂しさも、母に捨てていかれた気持ちも、聖史の心を凍りつかせるには十分だった。

結果として、聖史はあまり他人に執着しない性格になっていった。

いつか来る、別れの予感だけを見つめるかのように。

多分、色恋沙汰に興味を持てないのも、そのためだろう。

人の気持ちは、変わりやすく、消えやすい。そういうものとしか、どうしても思えなかったのだ。

けれども、そんな聖史がひとつだけ執着しているものがある。

父のことだ。

彼は、すでに亡くなっている。

自殺だった。

その理由を知ったがために、聖史は医師の道を選んだのだ。

皮肉にも、家族離散の理由や、父の無念を知ったのは、父が亡くなった後のことだったのだが……。

父は、ある企業の新薬開発に協力していた。

しかし、治験データにより、その新薬には重い副作用が認められたため、新薬の開発停止を訴えたのだが、聞き入れられなかった。

それどころか、データを改竄されたのだ。

その結果、常に患者を思っていた父は、内部告発という手段に出た。

しかし、裁判に負けてしまい、多額の賠償金を背負わされたのだ。

正義感にあふれる父の行動を、母は生活を壊した愚かな行為と考え、父を捨てて家を出た。

そして、最終的には子も捨てて再婚した。

母方の祖父母の家で育った聖史は、両親の離婚後、一度も父に会えなかった。

離島で小さな診療所を経営していた父が、失意のうちに重い精神疾患を患って自ら死を選んでから、はじめて聖史は父の無念を知った。

他に身よりもいないからと、父の死の連絡を受けて赴いた先で、当時の新聞記事や父の覚え書きなどのスクラップを見つけたのだ。

父はおそらく、ひとりになってからも何度も何度もそのスクラップを読んだのだろう。

聖史の胸を打ったのは、裁判の敗訴を知らせる新聞記事の切り抜きだった。

日付を見れば、両親が離婚した年になっている。

余白には、「後悔はない」と、几帳面な字が書き込まれ、消され。そして、「聖史、成美」と聖史たち姉弟の名が書かれていた。

無口な父は、それ以上なにも書かなかった。

けれども、その名前の書き込みを見たときに、父への感情が抑え難くあふれた。

涙が止まらなかった。

母と離れてからというもの、祖父母の家で姉と身を寄せ合うように育った。

肩身の狭い思いをする中で、いつしか表に感情を出さないようになっていた聖史が、そのときだけは声をあげて泣いた。

……そして、高校生だった聖史は、医師になることを誓ったのだ。


父の無念を晴らすために。

（父さんは、膨大なデータを残してくれた）

集めたデータを整理しながら、聖史はパソコン画面をにらみつけた。

父の形見として受けとったものも、もちろんデータ化している。

自分ひとりの力で行った。

父と争った製薬会社は、いまだ日本の製薬業界では五本の指に入る。老舗と言われているが、昨今の不況であまり経営は芳しくない。率直に言えば「ざまあみろ」だが、焦りもあった。

もし倒産などになって、ことをうやむやにされてしまったら、目も当てられない。

裁判沙汰になった後、新薬は数年空けて、名前を変えて販売された。

ちょうど、聖史の父の死を待つようだった。

成分を比較してみても、多少の改良はあっても、基本は変わらない。

手術で、合併症状を抑えるのに欠かせないその薬を、聖史自身は絶対に使わないようにしている。

また、人に口を出せる立場になってからは――石川という後ろ盾ができてからは――、極力、他の医師にも使わせないようにしている。

それだけでも、石川の愛人になった甲斐があるというものだ。

おかげで、その製薬会社のＭＲにはたいそう嫌われているようだが、知ったことか。同社製品に対して冷たい視線になるのも、当然だと思ってほしいものだ。

聖史は母方の苗字になっているから、きっと父とのつながりはわからないだろうけれども。

だが、聖史の力が及ぶのは、あくまでこの病院の中だけだ。日本中の病院で、その薬の使用を止めさせることはできない。

もどかしかった。

だが、拙速な真似はできない。

証拠をそろえ、突きつけて、父の正しさを証明しなくてはならない。

聖史は丹念に、過去のデータを洗い出していた。するとやはり、特有の合併症状で、手術後に急死している患者が見受けられる。

あたかも、父が危惧していたように。

だが、データが少なかった。

手術に合併症状はつきものだ。

薬のせいにするには、まだまだ弱い。もっと、大規模な調査が必要になるだろう。

しかしそうなると、個人の力では限界になる。

ことを秘密裏に運ぶということは、難しくなるに違いない。

(まだ、止めを刺すことはできないな。……もう一押し、何かがないと)

聖史は、口唇を噛みしめる。

限界を感じている。

だが、迂闊に協力を外に頼めない。

口封じなんてされたら、たまらない。

父は内部告発をしたというのに、ライバル企業の企業スパイという汚名まで着せられ、追いやられた。

聖史も同じことになっては、もともこもない。

だからこそ、慎重にやらなくてはならないのだ。

ここまできて、焦ってすべてを台無しにしたくはなかった。

自分のキャリアが無になってもいいが、研究を無にしたくはなかった。

聖史を突き動かすのは、高校生時代の衝撃だ。

父の手で書き記された、自分と姉の名。「後悔していない」という言葉……。

父の無念を晴らしたら、彼のように無医村で働いてもいいと思っている。

最悪の場合、医師をやめる覚悟だ。

だから、薬の副作用を告発できれば、あとのことはどうなったっていい。

そのために、聖史はここまで来たのだから。

しかし、それまではどうしたって、大学病院に居座る必要がある。

臨床データを、たやすく手に入れるために。

それに、学会発表だってやりやすい。

（もう少しなんだ）

実は、目前に学会を控えている。

石川の腹案で、聖史は学会での講演発表の時間を長く与えられていた。

若手にありがちな、掲示式の研究発表ではない。大勢の注目を浴びて、自分の考えを述べる機会を与えられたのだ。

だから、どうしてもこの機会を生かしたい。

父の信念をかけた問題提起を、後世に活かしたいのだ。

（……私ひとりではダメでも）

聖史は、資料の山を睨み据える。

（これがきっかけになって、どこかの機関が動いてくれるような、インパクトある研究発表ができれば……！）

口唇を噛みしめ、聖史は躊躇いを噛み砕こうとしていた。

手段は、ないわけではない。

でも、その手を使ったら……。

(差し違える覚悟をすれば)

いつごろからか、その考えが頭を占め始めている。


「聖史せんせ」

ふざけた口調で名前を呼び、資料室に顔を出したのは濱嶋だった。

聖史は、はっと我に返り、ラップトップを閉じた。

「まだ帰らない？　……あんたは、ここが好きなのか」

ドアを閉め、さも当然のように聖史の腰を抱いてくる男の手を、聖史は邪険にかわす。一度や二度寝たくらいで、わが物顔をしているのは、脅迫者の余裕と図々しさゆえか。

「私は、まだ用事がある」

「そう言わないで」

濱嶋は、いつものくったくのない笑顔を向けてきた。

「ここ、落ち着くね。好きなのはわかるけど」

「君は、にぎやかなほうがいいんじゃないのか」

「そうでもないな。それに、あんたの顔を見ながら昼寝できるなんて、最高じゃない？」

濱嶋は相変わらず、つまらない冗談を言っている。

彼は、いつもこの調子だ。

何が楽しいのか、妙に親しみをこめて、聖史に声をかけてくる。

それをつれなくあしらうと、「濱嶋先生がかわいそうですよ」なんて、看護師にたしなめられるくらいだ。

「君みたいに、私は暇じゃないんだ」

わざとらしいくらいうんざりした表情を見せても、濱嶋は動じなかった。

空気を読んでいないわけではなく、わざと読まない。彼は、ふてぶてしく開き直っているだけだ。

彼とはすでに、三度ほど寝ている。

初めて抱かれた日から、すでに一か月が経とうとしていた。

二度目の逢瀬に応じたのは、濱嶋がレコーダーを渡してきたからだ。

聖史の手元には今、自分のあられもない声も入り交じった、濱嶋とのセックスの音声がある。濱嶋の弱みとして持たされたそれから、自分の声だけ取り除いたものを、聖史はすでに作成済みだ。

もちろん、写真を撮られている以上、有利なのは濱嶋に違いない。

手にした音声が彼の行動のストッパーになるとは思わなかったが、現在のところ、彼は副院長に対して沈黙を守っているようだ。

そして、濱嶋は代償として、聖史を欲している。

「俺が、あんたをどれだけ欲しがっているのか、証明してあげる」と、セックスの最中の睦言が、ふいに鼓膜によみがえった気がした。

まっすぐに胸を射抜く眼差しが、瞼の裏に残像のようにこびりついていた。

聖史は、そっと頭を振る。

たかが、数度寝ただけだ。

自分は、彼にとらわれているわけではない。

確かに濱嶋のセックスは濃厚だ。彼は遊び熱心な男だった。聖史が快楽の熱に浮かされ、「やめてくれ」と懇願したって、体を暴くのをやめてくれない。

たった三回。でも、何度体を貫かれたかもわからない。聖史の体の深い穴に濱嶋はぴったりとはまり、掻き乱し、そこを濱嶋の体の形に変えていくような気がした。

濱嶋にとっての聖史は、楽しいセックスの相手らしい。

暇さえあれば、こうしてセックスをねだりに来る。

(なにを考えているんだ)

聖史としては、あきれるしかない。

濱嶋には何か、深い考えがあるんだろうかとも、考えたりした。しかし、単純に、本当に、したくてしているというふうにも見えるから、彼の行動はわけがわからない。

工藤に頼まれているにしても、自分に無関心な相手を屈服させて自尊心を満たすにしても、一度で十分ではないのか。

たかが数度だから、執着というほどではないのだろう。でも、セックス以外の用件でも構ってくる濱嶋の態度は、聖史には解せないものだった。

(こいつがいなければ、私はもっと調査に集中できるんだ)

聖史は、内心溜息をついていた。

「私は、調べものをしているんだ。終わったら相手をしてやるから、邪魔をするな」

そう言ったのは、聖史なりの譲歩だ。

それで満足しろと無言で促すと、濱嶋は軽く肩をすくめた。

「毎日毎日、なに探してるの？」

「えっ」

それは、思いがけない言葉だった。

聖史は思わず、抜けた反応をしてしまう。

「症例見てるんだろ」

「……何が言いたい」

聖史は、警戒も露わな視線を向けた。

「だから、俺も手伝うって」

「手伝う……？」

いぶかしげに、聖史は眉をひそめる。

いったい、この男はなにを言い出すのか。

「昼飯もろくにとらず、休み時間つぶして調べものしてるだろ？　ひとりより、ふたりのほうが早いんじゃないの」

「……」

濱嶋に対し、聖史は猜疑心を隠さない視線を向けた。

「何をたくらんでいる？」

底知れぬ男とは、直球で話すほうが効率がいいというのは、この一か月の付き合いで悟ったことだった。

「たくらむって、人聞き悪いなあ」

濱嶋は、あきれたような表情になる。

「……んー、でも、まあ、あんたの用事が終われば、早くセックスできるし？」

わかりやすく、ゲンキンな答えだった。

しかし、それを信じるほど聖史もおめでたくはない。

「そんなに私の弱みをつかみたいのか」と言ってやろうとして、やめる。

余計なことを言って、今調べていることに、濱嶋の注意を向けさせるのは、あまりにも愚かすぎる。

(副院長は……。そういえば、あの会社とは折り合いが悪いな)

リベートが大好きな彼なのに、なぜか聖史の敵とはそういう付き合いをしていないらしい。と、いうことは、必要以上に警戒をすることはなさそうだ。

それに、隠せば隠すほど、むきになるのが濱嶋だ。

聖史のことは、なんでも知りたがる。

子供っぽい所有欲のせいだろうか。

「過去の合併症状の症例を、調べているんだ」

聖史は、無表情に告げる。

「へえ、どんな？」

本気で手伝うらしい濱嶋に、聖史は短く指示を入れる。

薬のことは、あくまで伏せる。

父の研究していた薬に特有の、あくまで合併症状のほうだけ資料から吸い上げてほしいと、短く告げる。

すると濱嶋は、飼い主に命令を与えられて喜ぶ犬のように、嬉々として文献に潜りはじめた。


濱嶋は優秀な男だ。

彼の経歴は立派なものだし、同僚として過ごしてしばらく経つので、外科医としての腕のよさもわかっているつもりだった。

しかし、調べものを任せてみれば、それが予想以上のものだということに気がつく。

一度だけではなく、濱嶋は何度も何度も聖史を手伝うようになった。

石川にまで、「最近、濱嶋くんと仲がいいな」と言われる始末だ。

「やきもちですか?」と笑みを含んで返すと、「もちろん。しかし、ふたりともかわいいよ。優秀な若手は、みんな」などという、人を食った答えが返ってきたのだが。

思いがけず、有能なアシスタントを手に入れた。

乗り気ではないセックスも、アシスタントの対価と思えば、苛立ちも減る。

それに、プライドを傷つけるような始まりにも関わらず、今の濱嶋にそうした態度は見られなかった。

快楽原則に忠実に行動しているように見えて、濱嶋は案外短絡的な男ではない。

聖史をセックスに誘う時は、必ずその前に食事をした。

彼は食欲旺盛で、性欲の強さに比例するものなのか、と感心したものだ。なんにせよ、自分の欲求に素直な男だ。

多分、濱嶋は、聖史と真逆の性格だ。

欲望に忠実で、感情豊かで、自分を抑えるということをしない。

他人にどう思われようとかまわず、堂々としている。

やりたいように、やっている。

もっとも、自由人みたいな真似をしていて、腹の底に何を飼っているのかがわからないというのが濱嶋という男だ。

腹の底を見てやりたいと、好奇心がうずくこともある。

不本意ながら、濱嶋が口にしていた目的は達しつつある。

つまり、聖史は濱嶋に興味を持っているのだ。

敵か味方かもわからない、ずかずかと自分に踏み込んできた男を。

（冷静に考えたら、敵だろう）

濱嶋のベッドで抱き合いながら、頭の一部分は冷めている。

（脅迫されて、抱かれて……。プライドを踏みつけられた）

けれども、怒りが持続できていない。

濱嶋のペースになるまいと考えている時点で、聖史はいいように引っ掻き回されていることになるのだろうか。

まったく、不本意だ。

「……何考えてんの？」

首筋を軽くかまれて、小さく聖史は睨みつける。

「痕を、つけるな」

「だって、他のこと考えているみたいだから」

濱嶋の腕の中で、聖史はすでに一度絶頂を迎えている。甘い声で鳴いた聖史は、濱嶋を抱き寄せた。

そうする余裕くらい、いつの間にか聖史にも生まれていた。

すると、聖史の胸に顔を埋めながら、濱嶋は小さく笑う。

「……石川部長にバレると、怒られるから？」

「……っ」

犬歯の先端で乳首にかじりつき、濱嶋は笑みを含んだ眼差しを向けてくる。

「でも、部長のこと考えると、よけいに興奮する」

「な……っ」

「痕をつけちゃダメなら、ここならいいよね？」

嘯きながら、濱嶋はかりかりと乳首をかじり続ける。

歯が当たる感触は鋭く、全身を貫くような快楽を聖史に与えた。

「あっ、はっ……、う…手」

息を殺すが、むずがゆいような快楽が聖史の全身を貫いた。

乳首は弱い。

そこは聖史にとっては、性器のようなものだった。愛撫されるために、存在する場所だ。

「……たっぷりいじって、濃い色にしてあげるから」

濱嶋は、くちゅくちゅとわざとらしい音を立てながら、乳首を吸いつづける。

そこは、男にとっては不要な場所のはずだった。

けれども、セックスのときだけは、まるで愛撫の指標みたいになってしまう。

聖史を喘がせ、追い詰め、途方もない快楽の高みへと放り投げる場所だった。

「しつこ、い……っ」

「そりゃそうだよ。……俺の色に、ここを染めるためなんだから」

くくっと喉奥で笑う濱嶋は、無邪気さを装っているようで、隠しきれない所有欲を眼差しににじませていた。

「今日は、乳首だけでイかせてあげる」

「ひう……っ」

何度も乳首を甘噛みされ、そこは腫れぼったく、じくじくと痛みと甘さが入りまじったような感覚を与えはじめる。

その熱はすべて、聖史の下肢へと流れ落ちていくのだ。

「ははっ、感じてる」

「あうっ！」

膝頭を足の間に割り込まれ、性器を軽く押されて、聖史はあえいだ。

芯が通ったように固くなっていた場所は、押されると弱い。頭をもたげかけていたそれは、一気に力を蓄え、天を向いてしまう。

「もう少しで、イけそうだね」

「ば、バカなことを……っ」

「だって、こんなじゃん」

「ひうっ」

膝でくにくにと性器をいたぶられると、たまりきった熱があふれてしまいそうになる。

直接的な刺激に、男の体はとても弱くできていた。

悔しい。

好きでもない男に弄ばれ、感じているこの身が。

そして、男の身でありながら、女のように乳首を性感帯として開発されて、今にもイかされそうになっている……。

(石川さんとのセックスで、ここまで感じたことはないのに)

聖史は、口唇を噛みしめる。

濱嶋と、石川と。

いったい、何が違うというのだろうか。

「また、他のこと考えている」

他人なんておかまいなしのくせに、濱嶋は敏い。

彼は犬歯で、聖史の乳首の付け根をいじめはじめる。

その部分の熱を強く意識させられ、聖史は咽ぶ。思わず涙をこぼす。頭の芯まで貫くような快感に、気が遠くなりそうだった。

「は、あ、う、う、う……っ！」

何かをこらえるように、繰り返し口唇を噛む。

けれども、すべては無駄だった。

「……っ、は、は……っ！」

獣のように短い息しかつけなくなって、だらしなく突き出た舌を舐めしゃぶられる。爪や指の腹で硬軟両方の愛撫を受けた乳首から生まれる熱が、聖史の理性を奪っていく。

「や……っ」

いやだ。

乳首でなんて、イきたくない。

イきたくない、イきたくない、とうわごとのように繰り返す。けれども、熱を抑えつづけることはできなかった。

「……っ、あ、ああっ！」

甲高い声を上げた途端、下半身がはじける。

「……乳首でイったんだよ、あんた」

濱嶋が、ほくそ笑む。

「や、違う……っ」

「違わない。……初めて？」

「……っ」

「初めてなら、うれしいな」

濱嶋は、聖史の額に口づけた。

「あんたに、初めてをもっとたくさんあげたい」

楽しげにそう言うと、濱嶋は笑う。

あまりにもその笑みが無邪気で、しみ入るようで、思わず聖史は顔を背けてしまった。

なんだか、負けた気がした。

何との勝負というわけでもないのに。

瞼の裏にまで、濱嶋の笑顔が焼き付きそうで……怖かった。

セックスの快感だって、受け入れがたい。
濱嶋に魅力を感じた瞬間なんて……、絶対に認めたくなかった。

6

肌寒さを感じて、目を覚ます。

何度か寝返りを打ってから、聖史は目を覚ました。

部屋の……、濱嶋の寝室の電気は消えていたが、リビングに続く扉が細く開いていた。

そこから、白色灯の光が漏れている。

(起きているのか……)

聖史は、気怠い体を起こした。

濱嶋の寝室にも、いつのまにか馴染んでいた。

流されているようで不本意だし、関係の始まりを考えると、自分のイージーさにいらっともする。だが、濱嶋は何か有無を言わさずに人を巻き込んでいく能力があるのか、関係を重ねるごとに始まりを忘れてしまいそうだった。

彼のパワーは恐ろしい。

勢いに飲まれてしまいそうだった。

聖史は、ふと息をついた。

（セックスは、アシスタントの代償。……そうとでも思わないと、無駄に馴れ合ってしまいそうだな）

脅迫から始めた関係のくせに、あまりにも濱嶋は屈託なかった。

そう、まるで普通の恋人のように聖史に接してくる。

（調べ物の件だって、首を突っ込んでくることもなかっただろうに）

濱嶋は、毎日のように聖史の個人的な調査を手伝ってくれる。

目的も、何一つ知らないままに。

彼のことは、重宝している。

学会まで時間がなく、データをそろえるためにも人海戦術は必須だった。おかげで、多少は妥当性が上がったデータを出せる気がする。

それでも、まだ決定的なところまでは持っていけないのだが。

聖史ひとりでは、今のレベルに引き上げることも難しかっただろう。

彼を信頼していない。

所詮、副院長に招かれた身だということも、わかっている。

なんて皮肉なんだろう。

聖史は今まで、味方というものを作らないでいた。他人の力を利用しても、他人を使おうとも思わなかった。

いつか裏切られると、心の奥底で思っていたから。

けれども、最近はどうだ。

濱嶋に頼っているのではないか。

聖史は、ぎりっと口唇を噛みしめた。

他人に頼るなんてことは、聖史が一番嫌うものだった。

それなのに……。

小さく頭を振って、聖史は起き上がる。

とても、喉が渇いていた。

リビングの扉を開けると、濱嶋はキッチンテーブルに書類を広げていた。

それは職場から濱嶋が、こっそり持ち出してきたカルテだった。

わかっていても聖史は、思わず立ちすくんでしまった。

想像もつかないことだったからだ。

「次の学会に、なるべくいい形で発表したいんだろう?」と、濱嶋はしれっとカルテを持ち出した。

誰を、どう言いくるめたのかはわからないが、医局のあまっている段ボールに詰めていたから、正々堂々としたものだ。

今日、濱嶋の家に寄ったのは、セックスのためもあったが、この資料を家でも調べるためだった。

今日は金曜日だ。

学会は来週なので、明日と明後日が最後の週末になる。

聖史は自宅に引きこもって、最後の仕上げにとりかかるつもりだったが、濱嶋が「一緒にいたい」と言い出したのだ。

「一緒にいて、あんたを手伝いたい」と。

一日一回はセックスしようだなんて、ちゃっかり希望を付け加えてはいた。だが、あまりにも明るく爽やかにそういうので、腹を立てる気力もなかった。

なぜ、彼がこんなふうに、自分の助力をしようとするのか、理解できないのだが。

「……あれ、起きた？」

濱嶋は、カルテから顔を上げる。

「あ、ああ……」

聖史は、小さくうなずいた。

「君は、いつから起きているんだ？」

「あんたが、イっちゃって、気を失っちゃったから……。ひとりじゃ寂しくて、目がさえちゃってさ」

濱嶋は、冗談めかして言う。

「……っ」

聖史は言葉に詰まる。

本当は、「誰のせいだ」と言ってやりたい。

受け身の立場は、どうしても体力を削られる。石川とのセックスではあまり実感しなかったそれを、濱嶋とのそれで思い知らされていた。

濱嶋のセックスは、それほどタフだ。

情熱的と表現してしまうと、苦虫を噛み潰したようになってしまうが。

少しでも体と体の合間の隙間を埋めようとするかのように、力強い両腕で抱きすくめられる。口唇を貪られながら、後孔を貫かれることにもう慣れた。

声がかれるまで喘いで、体液を一滴残らず啜りあげられる。舌と舌を絡めさせられ、より奥深くまで暴かせてやって……。

それが、濱嶋とのセックスだった。

こんな熱い欲望の形を、聖史は今まで知らなかった。

凶暴で貪婪《どんらん》な夜の代償は、体へのダメージだ。気力も体力も奪い尽くすのが、濱嶋のセックスだ。

平然とした顔をしている濱嶋が、憎らしい。

彼は手を伸べて、聖史の頬に触れてきた。

「俺のせいで、あんたが気絶しちゃったからさ。寝てる間に、調べもの手伝っていようと思って」

「……そんな気遣い」

「いらない、って？」

濱嶋は、わざとらしく眉を上げる。

「あんたにとっては、余計なお節介かもしれないけど、でも、俺はしてあげたいんだよ」

聖史は、不審げな眼差しを向ける。

いったい、この男は何を言おうとしてるのか。

「どうした？」

「君が理解できない」

なぜ、そんな余計なお節介までしようというのか。

聖史の弱みをつかみ、セックスを強いている。それだけで、彼は目的を達しているのではないだろうか。

副院長に恩を売る準備もできているし、彼をとるにたらないものとして扱った聖史に、思い知らせることだってできているのに。

濱嶋は、小さく肩をすくめた。

「俺は、我ながらわかりやすい男だって思うんだけどなあ」

聖史は、じっと濱嶋を見つめる。

この男は、本気だろうか。

濱嶋ほど不可解な男なんて、聖史にとっては存在しない。

聖史の頬のラインをたどりながら、濱嶋はささやく。

熱っぽく。

いつになく、真剣に。

「そりゃもう、愛ってヤツだよ」

「……」

聖史は目を眇めた。

「何を言っているんだ、君は」

相変わらず、真剣な表情で、くだらないことを言う男だ。

そう思うのに、触れてくる指先を、いつになく意識する。

熱が伝わってくる気がした。

鬱陶しいと顔をそむけようとするのに、なぜかできない。

視線に、胸を貫かれたかのようだった。

「……ああ、そうか」

ふいに、濱嶋は何か気が付いたかのように目を見開いた。

頬の手を首の後ろに回し、聖史を引き寄せながら、濱嶋はそっと囁きかけてくる。

「俺、言ってなかったな。ほしいっていう気持ちばっか、先走っちゃったから」

彼は、にっと笑った。

晴れた空よりも、もっと爽やかで……、まるで初対面の時のような、屈託ない、明るい笑顔だった。

「俺は、あんたが好きなんだ。惚れてる。だから、ほしい気持ちが我慢できなかった」

ふざけるな、といつもなら一蹴している。

しかし、それができない。

濱嶋と過ごした時間が、それをさせてくれない。

彼が理解できないと、ずっと思っていた。けれども、彼の自分への態度に、縁遠い感情が含まれているとすれば、何もかも納得できる。

感情を抑える一方で、いつのまにか摩耗していた聖史でも、それくらいは理解できた。

「……脅迫しておいて、よく言う……」

そう絞りだすようにつぶやいたのは、無意識の防御策のようなものだった。

これ以上、濱嶋に踏み込まれたくない。

彼の言葉を真に受けることが、自分にとってどれほど大きな変化か。それは、十分わかっている。

この身勝手な男は、聖史をさんざん振り回した挙句、心に罅割《ひびわ》れを作ったのだ。

たった一つの目的のためだけに生きていこうと、鋼のように固めた心に。

「あー、うん。嫌われただろうとは思うけど」

悪びれもなく、濱嶋はいう。

「だから、一緒にいるときは、俺、できるだけ優しくしてたつもり。……強引に俺のものにしちゃったから、せめてそれくらいは」

「……バカだろ」

「そうかも。でも、人を好きになると、バカにならない？」

「知るか、そんなもの」

聖史は、ふっと顔をそむけた。
まだ頬には触れられている。
払いのけてやりたいけれども、できない。
甘ったるく、濃い空気に、まるで搦め捕られてしまいそうになっていた。
色恋沙汰なんて、自分には必要ない。
父の無念を果たすために、自分のすべてを費やしたい。
そう思ってきた。
今だって、その気持ちには変わりがないつもりだ。
けれども、濱嶋の気持ちを無視できないでいる。
(他人に、関心を持ってしまったから……)
聖史は、奥歯を噛みしめる。
(だから、こんなことに)
悔しいような、恥ずかしいような気持ちだった。
荒れ狂う内心を、言葉で表現するのは難しい。
「これで、わかった?」
濱嶋は、軽くウインクをした。

「だからあんたは、遠慮なく俺に甘やかされていてよ」

「……っ」

「俺は、あんたが好きだから、そうしたい。……それに、頼ってほしい。仕事のことでも、なんでも」

どういうわけか、首筋がかっと熱くなる。

冷静になれば、いつも通りの傍若無人なセリフ。それなのに、なんでこんなにも、胸の中に入りこんでこようとするのか。

「それから、いつか俺を好きになるんだ」

「か、勝手なことを……！」

やはり、濱嶋はどこまでいっても濱嶋だ。能天気に笑っている彼を見ていると、動揺した自分がバカみたいに思えてくる。

「……なんか、今のあんた、めちゃかわいい顔してる。セックスしたくなってきた」

濱嶋はそういって、聖史の頬を舐める。

「あ、でも、もう今日の一回はしちゃったか。……明日の分を無駄遣いするわけにもいかないしな……」

「……君は真性のバカだ」

馬鹿だと思いつつも、濱嶋の言葉を冷笑で迎え撃つことができない。

馬鹿の二乗だ。

心も体もこじあけて、濱嶋が自分の中に入りこんできつつあることを、聖史は感じていた。


濱嶋は、マイナス感情から始まった関係だということは、よくわかっているようだ。

聖史に同じ想いを返せとは言わず、変わらない調子で求めてくるだけだった。

手が届く範囲に聖史がいて、それで今は十分だと思っているらしい。

それでも、いつか聖史が濱嶋に恋愛感情を抱くと言い切るあたり、本当に無駄に図々しい自信家だとは思うのだが。

気が付けば、学会の前日になっていた。

今回は、仙台《せんだい》で学会は行われる。前日から有給を取って、聖史は万全に備えていた。

ホテルで最後のチェックをして、明日の草稿を打ち出そうとしたその時、携帯に連絡が入った。

石川だ。

学会前という理由をつけて、彼と寝ることもなくなって久しい。

石川は年上の愛人という立場もあってか、それほど聖史を束縛するほうではない。だからこそ、聖史も濱嶋と寝ることができているのだが……、このタイミングでの電話は、少しひやっとした。

今回の学会は、濱嶋と同行している。

というよりも、勝手に濱嶋がついてきたのだ。

『久しぶりの仙台はどうだい？』

石川は、優しい声で尋ねてくる。

「ずっとホテルにこもっていたので……、わかりません」

『私も、行けばよかった。そうすれば、学会の後なら君とゆっくりできただろう？』

聖史は、相槌がわりに笑った。

あいまいな微笑は、頷きたくはないという気持ちをごまかしたものだった。

どういうわけか、以前とは違って、石川のセックスの相手をすることに気が進まない。

彼が聖史の目的にとって、大事な男だということは変わりがないのに。

(感傷、か)

聖史は心の中で、苦くつぶやいた。

濱嶋が悪い。

感情なんてものは、聖史にとっては二の次だった。打算で、それを見て見ぬふりをすることができていた。
計算してメリットがあるなら、自分がどう思うかなんて、考えようともしなかった。
けれども、濱嶋という男が、聖史のそういう心の在り方を変えようとしている。
鋼の部分に罅《ひび》を入れ、彼自身を注ぎこんで……。
(本当に、ろくでもないことをする奴だ……！)
腹立ちまぎれに、心の中で罵る。
『聖史、どうした？』
「すみません、ちょうどパソコンで文章保存していたところで」
石川と話をしているのに、すっかり上の空だ。
情けない。
石川との関係を終わらせるわけにもいかないのに。
まったく、調子がくるっている。
ずっと、上手いことやれていたはずなのに。
『そういえば、今回はどんな発表内容なんだね』
「手術の合併症状についてです」
薬の副作用を証明したいだなんて、さすがに石川相手にも言うつもりはない。

『カルテ調査は、役に立ったか』

「……はい」

聖史は、小さくうなずく。

「部長のおかげです、ありがとうございます」

『君の役に立ててうれしいよ』

甘ったるい言葉に相槌を打ちながら、じりじりと電話の終わりを待つ。

こんなことよりも、今はやるべきことがあるのだから。


ようやく、石川との電話を切れた。

頭を振り、気持ちを切り替える。仕上げた論文を、プリントアウトする。

ずっと背負っていた重荷をおろしたかのようで、聖史の全身から力が抜けた。

(すべて終了だ)

長かった。

これで、明日の用意は万端だ。

父の告発した薬品を、また自分が告発する。

ただ、センセーショナルを巻き起こすほど、臨床例が見つかったわけではない。

巧妙に、聖史は調査結果の数字を膨らませていた。

けれども、それはあくまでミスという言い訳ですむ程度。たとえバレても、どうにか切り抜けることができる。

こうすることで、問題提起ができるのだ。

そうやって、聖史は自分を納得させていた。

とにかく、注目してもらわなくては意味がない。製薬会社相手の戦いの、ようやくスタートラインに立てたのだ。

これで、父の無念を晴らせる。

記念すべき第一歩だ。

ふっと息をついたその時、後ろから抱きすくめられる。

思わず身をすくめたが、かぎなれた匂いで誰かわかった。

「どこから入ってきた……！」

「ここ、ツインだろ？　スペアキーを一枚抜かせてもらったんだ」

悪びれもなく、濱嶋はいう。

「君は……」

呆れつつも、いつもより愛想よく対応してやれる。

何せ、今日は気分がいい。

「どうした？」

「明日の準備、終わった？」

濱嶋は、甘えるように尋ねてくる。

ねだり顔は、年下丸出しだ。

「もう終わった」

「了解」

そう言うと、濱嶋はキスを奪ってくる。それをよけないのは、テンションが上がっているからだろう。

「上機嫌だね」

濱嶋も、それはよくわかっているようだ。

日本の学会は久しぶりだという濱嶋は、今回は物見遊山のつもりらしい。

もっとも、彼には論文のデータ解析をかなり手伝ってもらったので、無関係ともいえなかった。

「ああ、持ち運び式のプリンターなんてあるんだ。便利だね」

書類をとりあげた濱嶋は、書類をぺらぺらとめくり始める。

やがて彼は、ふっと首を傾げた。

「あのさ、この数字、おかしくない？」

「……！」

聖史は、はっとした
まさか、一読しただけで気づかれるとは思わなかった。

考えてみれば、彼も途中からは調査を手伝ってくれていたのだ。優秀な男だから、集計検定前のデータとの齟齬を即座に察したのだろう。

しかも濱嶋は、データ至上主義のアメリカで揉まれて帰ってきている。

「……有意の差が出なかったとはいえ、問題点は示せれたなら、それで満足するべきだったんじゃないのかな？」

濱嶋の言葉は、非難の色を含んでいた。

彼は、データ改ざんに気づいている。

「それは」

「悪い子だなあ」

年下のくせに、濱嶋はいたずらした子供を揶揄するような口調になった。

「ちょっとお仕置きしようか」

「な……っ」

手首をとられて、聖史は慌てる。

確かに濱嶋は身勝手な男だが、

「悪いことしたって、自覚はあるんだろ。逃げちゃ駄目だよ」

含み笑いとは裏腹に、視線は冷ややかだった。

彼は怒っている。

その時はじめて、聖史は濱嶋の本気の怒りを見た気がした。

研究者として、彼は聖史の行為に怒りを感じているのだろうか。

（……く…っ）

目的のためなら、どうなったっていい。何をしたってかまわない。本気で、そう思っている。

だが、真摯な怒りをぶつけられて開き直れるほど、聖史は恥知らずにはなりきれなかったようだ。

……それに、わかっている。

聖史のしていることは、父親の誠実さを汚すということも。

濱嶋の怒りに、単純に対抗ができない。その一瞬の隙を突かれる。

聖史は、いきなりベッドに引き倒されてしまった。

「何を……！」

濱嶋とのセックスは、必要な手段だと思っている。だがしかし、乱暴に扱われることを是としてはいない。

「だから、お仕置きだってば」

濱嶋は、薄い笑みを浮かべている。

目は笑っていなくて、口元だけが弧を描いている。

ぞっとした。

彼の別の一面を、見せつけられたような気がした。

「お尻百叩きでもいいけどね、どうせなら大人の『お仕置き』にしておこう」

「あうっ！」

いきなり性器を握りこまれて、聖史は声を上げる。

その場所は、弱い。

敏感すぎるそこは、刺激を与えられたら、それがどんな種類のものであれ、反応してしまう。

こんなふうに乱暴に握りこまれたら、強い痛みが走ってしまう。

「やめ、ろ……っ」

聖史は、声を喘がせる。

いくら脅されている立場だとはいえ、こんな扱いを受けるいわれはない。

被虐に甘んじる趣味もなかった。

反感をこめて睨みつけても、濱嶋は軽薄な冷酷さで嗤うだけだ。

「やめろって言われてやめたら、お仕置きにならないじゃないか」

ふざけたことを言いながら、濱嶋は聖史の体へと挑みかかってきた。


抵抗した。本気で殴りつけようとも思った。

だが、できなかった。

濱嶋は難なく聖史の腕を押さえつけ、そのままねじりあげた。そして、もがく聖史を押さえつけるように、裸にしていった。

今更彼の前で、恥じらうも何もない。

だが、いつも以上に力で屈服させるような態度が気に入らなかった。

（……お仕置き、だと？）

愉しんでいるような、濱嶋の口調を思い出す。

よりにもよって大事な学会の前だというのに、最低だ。そう怒鳴りつけてやろうとしたが、できなかった。

聖史はたじろいでいた。

濱嶋の悪趣味な「遊び」というだけではなく、彼の瞳の奥に本物の冷たい怒りがちらついているのがわかったからだ。

研究者として、データ改竄をした同業者に向ける強い怒り。

父がもし生きていたら、濱嶋と同じように聖史を責めるのではないか。そう考えた途端、心が震えた。

それは、良心の戦きだった。

抵抗しきれない聖史に、濱嶋は容赦がなかった。

剥き出しになった下半身は、彼のネクタイで縛められる。まだ力のない性器を思いっきり縛りあげられ、聖史はさすがに声にならない悲鳴を上げた。

彼の「お仕置き」とやらの残酷さを思い知らされるまでには、いくらもかからなかった。

聖史の足を強引に開かせ、秘所を暴いた濱嶋は、その部分を舐めしゃぶりはじめた。

性器も、陰嚢も、そして深い孔までも。

尿道を舌で弄られ、広げられかけて、聖史は必死に逃げようとした。

だが、できない。

痛みと紙一重の快楽が、慣れた体に熱を点す。

ますます体がままならず、抵抗できなくなっていく。

そして、恥知らずの性器は膨れあがる。暴力的なセックスなのに、快楽を貪婪に味わっているのだ。

己の体の反応が、ますます聖史を追い詰めた。

感じたくない、屈したくない。そう思うのに、乱暴な中でも的確に快楽を煽る愛撫に、体が流されていってしまう。

「く……っ！」

きつくネクタイで縛められた性器は、痛いほどに感じていた。

濱嶋に舐められてべたべたに濡れていた下半身は、さらに聖史自身が漏らす先走りにもまみれていく。

堰き止められているくせに、少しずつ漏れていくそれは、ますます聖史の屈辱感を煽った。

濱嶋のたくましい性器に貫かれた瞬間に感じたのは純粋な快楽で、聖史は悔し涙を流した。

腰がひくついている。

でも、達してはいない。

せき止められた射精感で、頭がおかしくなりそうだった。

果てることを禁じられたセックスは、終わりのない淫獄だ。

「ひっ、は……あ…」

少しでも快楽を逃して楽になろうと、聖史は肩で大きく息をつく。

でも、上手くいかない。

体内にわだかまる熱は、簡単に散ってくれるようなものではなかった。

「……まだだよ」

聖史の腰を抱えあげながら、濱嶋は嘯く。

彼の瞳は爛々としていて、欲望と精力に満ちていた。

「あんたが気持ちよくなってたら、お仕置きにならないしね。……気持ちよすぎて、よすぎて辛いってところまで、一緒にイこう？」

笑みを含んだ声で、濱嶋は恐ろしいことを言う。

さらに聖史の切迫感を掻き立てるのは、体内の濱嶋が一向に衰えないことだった。

聖史の狭い孔をこじ開けた性器は、未だ猛っている。

そして、内側から聖史を侵略しようとしていた。

「中、擦られるの好きでしょう」

「……なっ、無理だっ！」

聖史は、思わず金切り声を上げてしまった。

しつこいくらいのグラインドで腫れぼったくなっている粘膜を、さらに濱嶋はいたぶろうとしていた。

「……う、や、め……っ」

嬲られてしまった場所は、血の流れを感じるほど敏感になっている。押し広げられるのも、擦られるのも、キツい。辛い。

「擦り切れちゃいそうで怖い？」

いたずらっぽく、濱嶋は囁きかけてきた。

「……大丈夫。俺の出したので濡れまくってるから。……擦り切れようがないよ。こんなに潤ってる」

わざとらしい卑猥な水音を立てながら、濱嶋はほくそ笑む。

射精を許されないままの性器は、今にもはちきれそうだ。ひくひくと、限界を訴えるように震えている。

ぐるぐると、下腹で熱が渦巻いている。その熱は快楽のはずなのに、今の聖史にとっては責め苦でしかなかった。

「……う、く、あ……っ、あ、あぁっ！」

熱を吐き出すこともできないまま、体だけ追い詰められていく。膨れきった性器を撫でられ、ささやかな刺激に悲鳴をあげかけると、強引に口唇を奪われた。

理性も何もかも、吸いつくす。そういう、暴力的なキスだった。


はっと目を覚ますと、もう夜が明けていた。

聖史はあわてる。

これでは、学会の発表に間に合わない。

(濱嶋め……っ)

聖史は唸った。

いったい、どういうつもりなのだろう。

学会発表の前日にあんな……、追いつめ、破廉恥さで人の気力も体力も、何もかも奪うようなセックスをしかけてくるなんて。

その、彼の姿も見あたらない。

部屋に帰ったのだろうか。

(私を放置して？)

そのことに気がついた瞬間、聖史の中で一気に不信感がわき上がった。

何かがおかしい。

その行動は、およそ濱嶋らしくなかった。

馴れ合う前のセックスでも、一度として、何か理由がない限り……たとえば、聖史のかわりに調べ物をしたりだとかをしない限り、濱嶋が聖史を放り出すことはなかったのだ。

気になって、書類を調べる。

ところが、聖史の用意した書類はいっさい見当たらなかった。

全身の血が、ざっと逆流するように感じた。

(まさか……！)

濱嶋の仕業か。

しかし、なんのために？

とにかく、彼を呼び出そう。

携帯をかけようとした聖史は、いくつか着信履歴があることに気がついた。
石川だ。
あわててかけ直すと、彼らしくもなく単刀直入に用件を切り出してくる。
君の仲良しの濱嶋くんのことだが、と。
石川に教えられたのは、不安をさらに裏付けすることだった。
濱嶋は、日本の製薬会社と薬品の共同研究の仕事をしていた。
そう、聖史の父の敵である、あの会社と。
(やられた……っ)
聖史は、思わず膝をつきかけた。
どうせなら、昨日の電話で教えてくれたらよかったのに……。
思わず、石川を恨みたくなった。
聖史にしつこくつきまとったのも、このためなのだろうか?
彼はたしかに、副院長の犬ではない。
聖史の敵、製薬会社の犬だ。

7

心拍数が上がっている。

けれども、間に合うならば、心臓が破裂したって構わない。発表時間までもてばいい。

無茶をされた体は、まだ気怠く重い。だが、もつれかける足に鞭を打つように、聖史は走った。

ようやく学会の会場にたどりついたときには、その場に座りこみたくなってしまうほど、疲労困憊してしまっていた。

しかし、ここでへたりこんでいるわけにもいかない。

(くそっ、間に合わないか……!?)

腕時計に視線を落とし、舌打ちする。

講演者のための出口についたときには、すでに聖史の持ち時間はなかば過ぎていた。

用意したプレゼン用の資料はなく、急遽データを打ち出した。急ごしらえだが、なんとかこれで発表させてもらえないだろうか。

ここが勤め先であれば、石川の顔がきく。しかし、学会ではどうだろう。せめて、石川がこの場にいてくれれば、口をきいてもらえたかもしれないが。

体ひとつで、自分の力だけで戦おうと思っていたが、結局聖史は無力だ。

それが悔しい。

口唇に血がにじむほど、噛みしめてしまう。

「あれ？　体調が悪かったんじゃないんですか」

声をかけられる。

たまたま知り合いの女医が、受付にいた。

彼女は、ふしぎそうに首を傾げている。

「えっ」

「あなたは体調が悪いから、自分が代行するって濱嶋先生がおっしゃっていたので」

ふんわり笑った彼女は、ステージのほうに視線を動かした。

「ああ、もうすぐ終わりますね」

「……！」

彼女を押しのけるように会場内をのぞきこんだ聖史は、驚愕するしかなかった。

壇上には、濱嶋がいた。

スクリーンに打ち出されているパワーポイント資料には、見覚えがある。

聖史が用意した資料だった。

(どうして……)

わけがわからない。

いったい、濱嶋は何がしたいのだろうか。

彼は、最後のまとめに入ろうとしていた。

立ちすくんでいた聖史は、はっとした。

濱嶋は、ほとんど聖史のデータを使っている。

だが、ある一点だけ、大きく違っていた。

データだ。

濱嶋は、聖史が膨らませたデータ分を取り除いていた。

しかし彼は、はっきりした声でこう言ったのだ。

「……よって、副作用の可能性が少なからず疑われる以上」

彼は力強い眼差しをしていた。

「我々には検証の義務があります」

我々、と濱嶋はいう。

それは、聖史のことであり、他の医師たちのことであり、そして勿論、濱嶋自身も含まれるの

だろう。

この耳で、たしかに聞いている。

それなのに、信じられない。

濱嶋は聖史の改ざんしたデータは取り除いた。そして、誠意のある資料にして……、聖史が訴えたかったことを、聴衆に訴えているのだ。

そして、これからも研究を重ねていく、と。

あの、いつもの屈託もない笑顔で。

質疑応答がはじまると、当然容赦ない質問が入る。

このデータでは何も言えない、うがちすぎじゃないかと言う質問者もいた。

けれども、濱嶋は動じない。

「疑わしいから、疑わしいところがなくなるまで、研究するんですよ」

彼は、そう言い切った。

さすが、議論の盛んな国から来ただけあって、日本の学会の質問など、ぬるいとしか思えないのだろう。

そして、質問者がムキになっているように見えるのも、彼の肩書がきいているような気がした。件の製薬会社とコネクションがある医師たちが、濱嶋という外来の研究者の参入を警戒しているのではないのかと、穿ってしまう。

だが、聖史が相手ならば、もっと容赦なく、揚げ足をとるような質問があったに違いない。

「最後に、付け加えますと」

質疑応答を難なくかわしたあとに、濱嶋は付け加えた。

「今回の研究のベースは、副島昭文《ふくしまあきふみ》医師の遺したものとなります。私は、彼の医師を継ぎ、私が籍を持つスタンフォード大学とも協力して、今回の研究を続けていきます」

彼は、はっきりと断言した。

聖史は、目を大きく見開いた。

濱嶋は、聖史のじゃまをするために日本に来たのではないんだろうか。

これではまるで、聖史の助力をしてくれるようだ。

疑問があふれだす。

じっと演壇を見つめていると、ふいに濱嶋と視線が合った。

その瞬間、彼は柔らかに目を細める。

あたたかな視線が、胸を貫く。

いつもの強引さも身勝手さもなく、まるで聖史を包みこむような眼差しだった。

けれども、いつになく聖史の心をとらえる。

引き寄せる。

いてもたってもいられず、聖史は舞台袖へと駆け出していた。

濱嶋のもとへと。


「なにを考えているんだ、君は？　……いったい、何者なんだ」

聖史は、そう問いかけずにいられなかった。

壇上から降りた濱嶋の腕を引っ張り、そのまま建物の外に聖史は引っ張りだした。

人目を避けるように、裏口へ。

我ながら、有無を言わせない態度だとは思ったが、濱嶋は大人しくついてきた。

「なにって」

濱嶋は、ふっと真顔になる。

いつも笑っているような表情をしているから、漂うそれが消えるだけで、彼にはすごみを増す。

「研究を重ねたあげくにデータ改竄なんて、もったいないだろう？　方向性は、間違っていない。あれは、絶対にそのうち、注目を浴びる」

「……」

聖史は、思わず濱嶋を見つめた。

そういえば、まっすぐ見つめられることはあっても、こうしてまっすぐ彼を見つめることなんて、今までなかったかもしれない。

これが初めてだ。

単なる副院長のの手下だと思っていた。

けれども、違うのだろうか……？

「俺も、楽させてもらっちゃったし。よかったよ。あんたが、副島さんの息子と知って、ずっと注目していたけど……。想像以上に優秀だった」

濱嶋はウインクする。

「それに、魅力的だ」

「え……っ」

聖史は、目を見開く。

それではまるで、聖史の父親のことを知って、近づいてきたかのようだ。

「何か勘違いしているみたいだけど、もともと俺はあの薬の批判的研究者なんだよ」

濱嶋はあっさり言う。

「……ていうか、正確には、あんたの手伝いをしているうちに、そうなったかも」

「しかし君は、副院長に呼ばれて」

混乱しながら、聖史はいう。

あまりにも思いがけなくて、寝耳に水だ。

「呼ばれてきたけど、それはあの人が俺のスポンサーと縁があって、どうしてもって言われてさ。副島医師の件も調べやすいだろうって」

「どうして、父のことを？」

「俺のスポンサーって、あそこなんだよ」

そういって濱嶋が口にしたのは、有名なアメリカ本籍の多国籍企業だ。製薬会社では、世界一位を争う。

「それでさ、実は例の薬の特許を買うとか買わないとかいう話になってるんだけど、どうも条件よすぎてさ。まるで、厄介ごとを押し付けようとしているみたいに。たしかに、業績悪い会社だから、ちょっとでも現金ほしいのかもしれないと思ったんだけど……。まあ、そんなわけでスポンサーに頼まれて調べてるうちに、あんたのお父さんのことを知ったんだ」

濱嶋は、軽く肩をすくめた。

「ま、あんたに夢中になっちゃて、当初の目的忘れそうになっちゃったけどさ」

豪快に笑い飛ばされてしまう。

聖史は、まじまじと濱嶋を見つめる。

まだ、信じられない。

「……会社同士のことだから、あんた一人でやるのは無理」

濱嶋は目を細め、そっと聖史の頬を撫でる。

「でも、俺が一緒なら大丈夫」

「……あんなふうに、派手に宣戦布告して……。つぶされるかも、しれないぞ」

父のことが、脳裡をよぎる。

だが、堂々とした濱嶋の態度に、胸がすくような気持ちになったのも事実だ。

自分も、父も正しい。だからこそそする必要はないのだと、言ってもらえたような気持ちになった。

「させない」

こともなげに、濱嶋は言った。

彼の言葉は薄っぺらなものではなく、重みがあった。おそらく、経歴に裏打ちされた自信ゆえに。

そして、力あるスポンサーを魅了する能力の持ち主だからこそ、重い言葉だった。

「そのためにも、データは正確にしないと」

軽い口調で、たしなめられる。

自分が研究者として最低なことをしたのはわかっている。

ことを急ぎすぎた結果との自覚もある。

聖史は俯く。

すぐには、濱嶋の言葉は信じられない。そう警戒しながらも、濱嶋がまるで聖史の父と同じような公明正大な魂を持つ男のように思えてしまう。

人に、無理やりセックスを強いてきたのに。

それでも、本当に駄目なものを駄目だと言うことを恐れない、強い人なのだろうか？

信じていいのか。

あまりにも長い間、人を疑うことに慣れすぎた。

だから、簡単には濱嶋を信じられない。

信じられない、けれど。

(あれを、聴かされたら……)

聖史の研究結果を、真摯に紹介していた濱嶋の姿を思い出す。

疑うべくもない。

彼は愚直なまでにまっすぐ、聖史の研究成果を語っていた。

生かしてくれた。

人間不信に凝り固まった聖史の心を、濱嶋が洗い流していく。

言葉ではなく、その行動が、何よりも。

「結果を出すのに、急いじゃダメだ。それが、俺の研究スタンス。……時間はかかっても、必ずいい結果がでるからさ」

濱嶋は、柔らかな笑顔になった。

「ひとりじゃ、焦る気持ちもわかる。でも、これからは俺がいる。あんたが焦るなら、俺がとめてあげられる」

聖史の手を握り、彼は言う。

「これで、わかったはずだよ。俺が、あんたにとってどれだけ役に立つパートナーかってこと」

「……」

言葉もでない。

聖史は、まじまじと濱嶋を見つめることしかできなかった。

「石川部長と縁は切りなよ。俺のほうが、絶対に役に立つよ？　若いし、将来性もあるし……」

「君は、なにを言っているんだ？」

こんなときに、と聖史はかすれた声でいう。

ろくに言葉も出てこない。

それほど、混乱しきっていた。

だが、混乱の中で、ひとつの感情が大きく膨らみつつある。

「鈍いなあ」

濱嶋は、苦笑いした。

「あんたを全部ちょうだい、って言ってるんだ」

彼は、不意にまじめな表情になる。

「そのかわり、俺を全部あげる」

「……いやな押し売りだな」

ようやく紡げた言葉は、憎まれ口でしかない。

けれども、濱嶋はにやりと笑った。

「あんたって、気持ちが目にでるよな」

「……なにがいいたい」

「まっすぐ、俺をみている」

濱嶋は、聖史の顎を摘みあげる。

「俺だけ、映している」

「……っ」

聖史は、首筋まで熱くなるのを感じていた。

だまるしかない。

何も言えない。

だって、どう答えればいいのだろうか。

(私のことなんておかまいなしに、ひどいことばかりしたくせに)

ひどい男だというのに、意識しないでいるほうが無茶だ。

こんな男、聖史は他に知らない。

「……すげぇ、満足」

にやにやと、濱嶋は笑っている。

「もう俺のこと、無視なんてできないだろ」

「ふざけたことを……」

「そういう、ツンツンしてるところも悪くないし」

「な……っ」

口唇を、強く奪われる。

そのまま、たくましい腕の中に聖史は抱きしめられてしまった。
あらがうことは、できなかった。

8

建物の中では、学会がまだ続いている。
けれども聖史にとっては、すでに終わったも同然だった。
喧噪は遠く、目の前には濱嶋しかしない。
その彼に、今までのように強引に抱きすくめられるのではなく、そっと手をとられた。
あたたかい。
「……ごめん」
濱嶋は、小声で呟いた。
「あんたと石川さんがデキてるって知って、俺は嫉妬していた」
聖史は、はっとして濱嶋を見つめた。
彼には相当なことをやられたし、ろくでもない目にも遭《あ》った。
嫉妬が理由で、許せるものでもない。
不遜で、傲慢で、強引な男だ。

けれども、そんな彼が詫びの言葉を口にしただけで、とても殊勝に見えてしまう。

ずるい。

今更そんな顔を見せるのは、やめてほしかった。

許せるとか、許せないだとか。そんなふうには考えていない。だが、今までとは違う視線で、濱嶋を見てしまいそうになる。

違う反応をしてしまいそうだった。

たとえば、とられた手を握り返したり……。

指先に力をこめかけた聖史を我に返したのは、携帯電話の呼び出し音だった。

「え……」

聖史の指先は、ぴくっと震えてしまった。

そして、濱嶋の手を握り返すことができなくなる。

石川だ。

まさか、こんなタイミングで彼から連絡があるなんて、思ってもみなかった。

聖史は、濱嶋の手を放した。

ほんの少しだけ、ためらいながら。

そして、なんらかの覚悟を決めたような心地になりながら——そんなことはないのに——、愛人からの呼び出しに答えた。

電話の内容は、予想外だった。

（まさか、仙台に来るなんて）

指定されたホテルに向かう道すがら、聖史は戸惑いを感じていた。

石川は確かに、腹の底までは見せない男だ。

そして、愛人をねぎらい、ついでに自分も骨休めするために旅行に出てくるくらいは、やりかねないフットワークの軽さとマメさもある。

唐突さを感じてしまうのは、タイミングの問題だろうか。

よりにもよって、濱嶋との関係が変わろうとした瞬間に電話をかけてくるとは、驚き以外の何物でもない。

聖史にも、まだ濱嶋とどうなるかという明確なビジョンが見えているわけではなかった。けれども、確かに自分と彼とはこれから変わっていくのだと、その確信だけはあったのだが。

恋愛感情というものを邪魔者扱いして、その結果鈍くなってしまった聖史には、自分の胸に宿ったものがそれなのかすらわからない。

今の時点で聖史自身にもわかっているのは、濱嶋への共犯者意識だ。あの男と一緒に戦っていきたいという、強い欲求。

(俺を頼れ、か……)

濱嶋の言葉を思い出す。

意思の強い黒い瞳が、脳裡に浮かんだ。

あの強さに惹きつけられる。

抗えないのではなく、彼を選びたいのだ。

濱嶋は、当然一緒ではない。

聖史は一人で、石川に会いに向かっている。

「これから石川さんに会うの?」と尋ねてきた時の、濱嶋の表情を思い出す。焦り顔で何か言おうとする濱嶋の姿に、聖史はちょっと笑ってしまった。

どうして今まで気が付かなかったのか、わからない。

彼には、案外余裕がないようだ。

石川に嫉妬をしたという言葉を、裏付けするように。

そしてその顔を見た時に、聖史は漠然と考えていたことを形にした。

石川とはもう寝ない、と。

濱嶋という協力者ができたから、石川は必要ないなんて、そこまで言うつもりはない。

だが聖史は、まるでつきものが落ちたかのように、すっかり石川と体の関係を持つ気をなくしていた。

愛人関係を、解消したい。

職場で不利になるだろうか？

(石川さんは、そういう人ではないはずだが)

聖史は、自分の愛人にはある種の信頼を寄せている。

石川は、物分りがいい男だ。

修羅場にはならないだろう。

そう思いながらも、万が一を考えた聖史はレコーダーを用意する。

この手の小細工をしてもうまくいくとも限らないが、と濱嶋に初めて犯されたときのことを思い出し、苦笑いしつつ。

フロントには話を通してあるということで、名乗ると、聖史はあっさり石川の部屋へと案内された。

石川はホテルに泊まる時、ハイグレードな部屋を選ぶ。今回も、ラグジュアリーフロアを選んでいた。

ベッドルームとリビングと、二間から成り立つその部屋の、聖史はリビングにいることを選んだ。

ベッドルームは、無意識のうちに視界から除外していた。

石川には、どう話を切り出そうか。

聖史は考えこむ。

なるべく、角が立たないように愛人関係を解消したい。

石川と関係を持ったことを、後悔しているわけじゃない。

その時の自分にできる精一杯のことを、目的に向かって行ってきただけだ。

でも、濱嶋の堂々とした態度と比べれば、自分という人間は後ろ暗いのだ。あらためて、そのことを実感していた。

自分で選んだことだ。それによる利も不利もすべて、受け止める。

……そして、終わらせる。

（本当に、いつの間にこんなふうに考えるようになったんだ）

我が身の変わり様に、聖史自身が驚いている。

濱嶋に出会う前は、自分のやり方に疑問を抱いていなかった。

父の無念を晴らすためなら、好きでもない男に抱かれることも、どうってことなかったのだ。

それなのに、今はどうだろう。

ベッドルームを視界に入れられないくらい、生理的嫌悪感を抱いている。

この感情は、理屈じゃなかった。

「やあ、来ていたのか」

声をかけられ、聖史ははっと顔を上げた。

石川だ。

ボストンバッグを片手にした彼は、いつもの穏やかな笑みを浮かべている。

聖史はソファから立ち上がって、彼に一礼した。

「お疲れさまです。それにしても、急ですね」

「君の顔が見たくなってね」

石川は、いつものように聖史を抱き寄せる。

嗅ぎ馴れたはずの体臭に包まれたというのに、どういうわけか聖史の体は強張ってしまった。

「緊張しているかい？」

聖史の変化がわからないような、鈍い人ではない。

石川は、耳朶のすぐ際から囁きかけてくる。

「そういうわけではありませんが」

ぎこちなく微笑みながら、聖史は石川の手をさりげなくふりほどいた。

触れられるだけで、体が強張る。なんて露骨な拒絶反応だろう。

感情よりも、先に体が反応している。心が摩耗している自分らしい反応に、聖史は自嘲してしまった。

「学会準備の疲れもあって、今日は失礼しようと……」

「濱嶋君と、打ち上げか」

「えっ」

不意を突かれた。

石川らしくない強引さで腰を抱き留められ、聖史は思わず目を見開いた。

「石川さん、何を」

「君が発表した論文、濱嶋君と連名だったそうだね。いつの間に？」

「そ、それは……っ」

聖史は、思わず言葉に詰まった。

まさか、そんなことを聞かれるとは思わなかった。

それに、石川の態度がいつもと違うように見えて、そのことにも動揺している。

何かあったんだろうか。

具体的に、何がおかしい、どこがおかしいというのはわからない。でも、長く連れ添ってきた愛人から、違和感が消えてくれない。

それとも、聖史の気持ちが今までと変わってしまったから、そう感じるんだろうか。

「才能のある若手は可愛い。二人とも、ね。だが、その可愛い二人がじゃれているのは、あまり面白い話じゃないな」

「石川さん、何を……っ！」

「いつから、共同研究をするほど親しくなった？」

「たまたま、調べ物を手伝ってもらっていて……っ」

「それがよりにもよって、あの薬か」

石川は、皮肉っぽく口唇の端を上げる。

「そんなに、父親が恋しい？　それならば、私に素直に甘えればよかったのに」

「……！」

聖史は目を見開いた。

そして、よく人となりを知っていたはずの愛人を、じっと見つめた。

彼は、あの薬の関係者ではない。少なくとも、聖史の調べた範囲に石川の名前はなかった。

だから、身を任せたのだ。

それなのに、どうして父親のことを知っている？

しかも、名字も違うのに、どうして聖史が息子だということまで。

「どうして、あなたが」

そう呟いた聖史は、ひとつ思い出したことがあった。

濱嶋の疑いを消した理由……、あの賄賂大好き副院長が、なぜか父の敵である製薬会社とはつきあいがないことだった。

古い、いかにも旧弊的な営業をしそうな会社だ。父を追いやった時にも、相当の裏金を動かしているはずだ。

いかにも副院長とは相性がよさそうなのに、どうして。

うっすらとした疑問が、はっきりした形になる。

勿論、すべての製薬会社が副院長にディベートを渡しているわけじゃない。だが、いかにも渡しそうなあの会社が、副院長と深いつきあいがないのは不思議だった。

そう、何か理由がなければ。

「……まさか」

聖史は、じっと石川を見つめた。

彼が、そういう人間だとは思っていなかった。

考えたこともなかった。

けれども……。

「……私が、帝北《ていほく》製薬とつきあいがあるのが、意外かな。そう、君の学会発表の内容を、会場にいた営業が血相かえて電話してくるほどね」

聖史は、口唇を噛みしめた。

石川はあっさりと、聖史の敵の名を口にした。

「あなたと付き合いがあるから、帝北製薬は副院長には取り入らなかったんですね。気が合いそうなのに」

「そういうことだ。……まあ、だからといって私もあの会社と気が合っているわけじゃない。昔からの縁があってね」

「昔からの、縁？」

「……あれは、まだ私が研修医だった頃の話だ。研修医の扱いは、私の頃は今よりもさらにひどくてね。特に、うちの大学なんて私立の中でも底辺だった。そんな時に、私がバイトに行った先のひとつが、あの薬を生み出した研究室だった」

石川は、皮肉げな表情になる。

「勿論、開発には直接携わったわけじゃない。だが、知己ができるには十分だった。私が留学したときも、内々で援助してもらったものだ。おかげで、私は大学で頭角を現すことができて、まんまと院長の婿に収まった」

盲点だった。

あの薬については調べたが、さすがに研究室に出入りしていた研修医までは調べがつかない。

まさか石川に、そんな縁があったとは思わなかった。

「君がうちの大学に就職した時、『ひとつよろしく』と帝北の人間が私のところに挨拶に来たのも、その縁があったからだ」

「私を、監視していたんですか！」

聖史は、思わず声を荒らげる。

聖史だって石川を利用していた。だが、裏切られたという感情がどうしても消えてくれない。

その程度には、多分石川に対して情を抱いていたのだ。

悔しかった。

敵の一人と知らず、石川に身を任せていたのだ。

石川を利用するための対価が、この体だ。それは割り切っていた。けれども、一杯食わされたという気持ちがどうしても消えなくて、腹立たしい。

「そんな大げさなものじゃないさ。君がいけない野心を持っていたら、少しお仕置きしてほしいと言われたが」

石川は、小さく笑った。

「君を抱いたのも、帝北に言われて目をかけているうちに、可愛くなったからだよ。言っただろう？　私は優秀な若手に弱い、と」

ふざけているようで、それは本心なんだろうとは思う。

石川は、目先の小金に釣られて馬鹿なことをするタイプでもない。

こういう時に、つまらない嘘をつく性格でもなかった。

嘘を貫くなら、自分からネタバラシするようなことはないだろう。

では、こんな話をする彼の本心はなんなのか。

「帝北は、よほどあの薬についてやましいものを抱えているんだろうな。君のお父上が亡くなった後に遺品の買い取りを債権者に申し入れたというのに、肝心の薬関係の資料が一切手に入らなかったと嘆いていた。……そして、ずっと君を疑っていたよ」

聖史は、奥歯を噛みしめる。

聖史が遺品を回収しなければ、研究成果を手にして、そのまま握りつぶすつもりだったのだろうか。

どこまでも卑劣だ。

「あなたは、私が何をしているのか、気がついていなかったんですか」

「君は、私にはまったく研究のことを言ってくれなかったしね。私も、頼まれたものの、それほど関心を払っていたわけじゃない。いわば、義理でのことだから」

石川は、ひんやりとした口調だった。

昔のよしみで帝北製薬に付き合ってやっているだけ、という気持ちが大きいのが、ありありと伝わってくる。

では、どうしてここに来たのか。

「あなたは、何を考えているんですか?」

まるで見知らぬ他人を見つめるように、聖史は愛人に視線を向けた。

「わからないか?」

強引に抱きすくめられて、聖史は慌てた。

逃れよう、ドアの外へ。石川のことも、薬のことも、考えるのは身の安全を確保してからでいい。

そう思って身を翻そうとしたが、上手くいかない。

石川は、強引に聖史を引き倒した。

「……っ」

絨毯の上に倒れこんだ聖史に、石川がのしかかってくる。

彼らしくもない乱暴さで顎を掴まれ、口唇を奪われかける。顔を背けるように拒むと、頬を打ち据えられた。

信じられない。

聖史は思わず、呆然としてしまった。

こんな乱暴な真似をする人ではない。

いつも余裕があって、聖史が多少の無茶を言っても、笑って済ませてくれるような人だった。

それが、どうして……？

「監視を頼まれ、目をかけるようになって、可愛いと思うようになって」

石川は、小さく肩を竦めた。

「さらにその先があるとは、私も思っていなかった」

「何、を……っ」

「少し、自由にさせすぎたかな？」

「う……っ」

噛むように、キスされる。歯がぶつかる、無様で凶暴なキスだった。口の中に、血の味が広がっていく。

「や、め……っ」

「やめない」

「あなたらしくもない！」

「そうだな、君のせいだ」

声を押し殺すように、石川は囁いた。

「私にも心底頼ろうとしなかったくせに……、濱嶋君のどこがよかった？　君の性格からして、共同研究をやろうだなんて、よほどのことがない限り考えもしないだろう」

石川は、たくみに聖史の体の動きを奪っていく。

「君は、本当に考えもしなかったのか？」

少しだけ寂しそうに、石川は笑う。

「私も、嫉妬をするということを」

「や……っ！」

シャツを引き裂かれ、聖史はかぼそい悲鳴を上げる。

肌を触れる指先に、たとえようもない嫌悪感を抱いた。

(濱嶋……っ!)

助けを求めるように、彼の名を心の中で呼ぶ。

そんな自分に、動揺した。

頭の中は、むちゃくちゃだ。

石川に言われたことも、自分が濱嶋に助けを求めていることも、何もかもが理解しがたい。自分で自分が、わからない。

混沌とした思考はまとまらないまま、無我夢中で四肢を動かしていた。

条件反射みたいなものだった。

このまま、石川に触れられるのが嫌だった。

ただ、その一心だった。

でも、上手く石川の体の舌から抜けられない。

なんとか出口を目指すが、またすぐに引き倒されてしまう。

「やめてください!」

悲鳴を上げた、その時だ。

火災報知器の音が、大きく響いた。

さすがに石川の動きが止まるが、聖史は立つことができなかった。足と手首を、彼のネクタイで縛られ、上手くバランスがとれない。

石川が外の様子を窺うように、ドアを開く。

そのか細い隙間が、外から大きく開かれた。

「……！」

聖史は息を呑んだ。

ドアの隙間から、まるで太陽の光が差し込んだような錯覚すら感じたのだ。

「火事だと思って火災報知器鳴らしたけど、違ったみたいですねー」

しれっとした笑顔で、濱嶋は言う。

聖史を追いかけてきたのだろうか。

濱嶋は、強引に部屋の中に入りこんできた。

「部長のそういう顔、見られるとは思いませんでした」

ぱしゃっ、と乾いた音が響く。

乱れた姿のまま呆然と立ち竦む石川と……、その向こう側に見えているだろう聖史の姿を、濱嶋は携帯カメラで撮影したのだ。

「き、君は……」

石川は、呆然としていた。

彼らしくもなく、どもっている。

「最近の携帯カメラは高感度でいいですよね。ガラパゴスなんて言われているけど、俺、日本の携帯好きだな。お役立ちで」

濱嶋は、石川に向かってウインクしてみせた。

「ついでに、大分前になるけど、あんたと清野先生のラブシーンも撮影しているよ。医局でもいちゃつかずにいられないなんて、情熱的だ」

濱嶋の口元は緩んでいるが、目はちっとも笑っていない。

白い歯がちらっと見えるのが、空々しい爽やかさを演出していた。

わざと、静かな怒りを見せつけているかのようだった。

「……清野先生、大丈夫？」

濱嶋は聖史に駆け寄ると、手足の縛めをとってくれた。

指先は震えていて、それは怒りを表しているのだと、さすがに聖史にもわかった。

「あ、ああ……」

引き裂かれたシャツをかき合わせながら、聖史は立ち上がる。

無理矢理床に引き倒されたせいで、体中が痛い。毛足の長い絨毯が敷かれていたとはいえ、かなりダメージがあったようだ。

足下はおぼつかないが、気持ちは軽い。助かった。助けられた

……濱嶋のおかげで。

石川とのラブシーンを濱嶋に撮られたことが始まりだと思えば、この帰結は皮肉な話かもしれない。

石川の表情を盗み見れば、彼はいつもの冷静さを取り戻しているようだ。

荒かった呼吸は落ち着いて、苦り切った表情になっている。

嫉妬をしていると、彼は言う。誰にも秘密を話さないと思っていた聖史が、濱嶋と共同研究をしていたことに。

そして、仙台に来たのだと。

だが、一方で、家庭を壊せるような人でもない。

恋愛で破滅できるような人ではないのだ。

彼の横顔が、それを雄弁に語っていた。

……そして多分それゆえに、ひどく鈍感な部分がある聖史の心は、彼によっては動くことがなかったのだろう。

いくら敵とはいえ、こんなプライベートのことで石川を破滅させるつもりはない。

聖史は、正々堂々と戦いたかった。

その上で、自分の正しさを証明したかった。

濱嶋が、学会で身を以て示してくれたように。

「石川さん」

なんとか体裁を整えて、あらためて聖史は彼に向かいあった。

「今までの助力は、感謝しますよ。……たとえ、監視から始まったとはいえ」

聖史は、口の端を上げる。

「でも、終わりにしてもいいですよね」

「……ああ」

石川は無表情で頷く。

あっさりしたものだ。

これで関係が終わったのだと、聖史にはわかった。そして、石川も実感していることだろう。

「私は、あなたを脅すつもりはありません。濱嶋君は……」

「俺だってないよ。犯罪者になるのは嫌だし」

聖史の言葉に、濱嶋は肩を竦めた。

「お互い、今までの全部をなかったことにして、これからも不干渉を貫けば、これ以上心地好い関係はないんじゃないの」

脅しではないと言いつつ、濱嶋は石川に沈黙を要求する。

そして、邪魔をするなとも言っている。

石川の面目は丸つぶれだろう。だが、この程度で失脚する人ではないし、表面上は平静を装うぐらいの芸当はやってのける人だ。

ぜひ、そうであってほしい。

「……特別扱いしろとは言いませんので」

聖史は微苦笑した。

「ただ、私は『優秀な若手』でありたいと思っています。そうである限りは、可愛がってくださいね」

なにせ、有能な若手はみんな可愛いと、豪語していたのは石川自身だ。

聖史が意に沿わぬ研究をしたとしても、認めないまでも、邪魔をしないでいてほしいものだ。

「仕方ないな」

石川は、妙にさっぱりした表情になる。

「……巨大製薬会社を敵に回した、君たちの幸運を祈りたい気分ではないがね」

いつものやけに甘ったるい言葉よりも、さっぱりしていた。その感覚は、悪いものではない。

職場では、今までのように順調にはいかないだろう。

庇護もなくなり、何かとやりにくくなるかもしれない。

何せ、聖史は決して味方が多い人間ではなかった。

でも初めて、石川に限らず、他人に対して対等になれたような……、誰かと対等な存在として扱われている気が、した。


（……もう、これで終わったんだ）

石川を背にした時、聖史の胸に広がったのは感慨だ。

（いや、準備段階が終わった。スタートラインに立っただけだ）

石川との関係が精算しても、聖史の生涯の目標に変わりはなかった。

学会で発表した以上、後には引けない。

これからの聖史は、正々堂々と研究者として、父の敵と対峙していく。

途中で妨害はあるだろう。

もしかしたら、父のように裁判を起こされるかもしれない。

それでも、最後まで戦ってやる。

怖いというより、わくわくしていた。

自分にはどこまでやれるだろう。どこまで行くことができるだろう。そんな、前向きな気持ちになるのは初めてかもしれない。

父の敵を討つという決意が変わったわけじゃない。

そして、復讐心だって消えない。

それなのに、気持ちの持ちようが違う。

ホテルを出て雑踏に紛れると、聖史は無意識のうちに肩から力を抜いていた。

かなり緊張していたようだ。

石川に襲われかけたからではない。思えば、あのホテルに赴く前、石川から電話をもらった時から、ずっと緊張していたのだ。

石川との関係を終わらせたかったから？

いや、そう思ってしまった自分の常ならなさに、変わりゆく自分への違和感へ、緊張していたのだ。

そして、そんなふうに自分を変えた男の存在を——意識して。

聖史は、傍らの男にちらりと視線を向けた。

聖史が道を誤りかけたり、追い詰められたりする時に颯爽と現れ、助けていくとは。なんてタイミングがいい男なんだろう。

……いや、タイミングを作ってくれているのか。それだけ、聖史のことを考えて、協力してくれて。

聖史は目を眇めた。

「どうして追ってきた？」

「そりゃ、愛ってヤツじゃないの」

しれっとした顔で、濱嶋は言う。

思わず聖史が言葉を失うと、彼は振り向いて、にやっと笑った。

「それから、ヤキモチ」

「……」

まっすぐ視線を向けられて、聖史はふいっと顔を背けてしまった。

そんな顔を、気軽に見せないで欲しかった。

どうすればいいのか、わからなくなる。

「……あんたが石川さんとの関係を続けるなら、それも仕方ない……って、思うわけないじゃん。

すげぇ邪魔したかった。……まあ、あんたの悲鳴が漏れてこなかったら、さすがに火災報知器押したりしないけどさ」

「もう、石川さんとは寝ない？」

濱嶋は、ふっと息をついた。

「寝ない」

聖史は、小声で答える。

「へぇ……」

濱嶋は、にやりと笑った。

「それ、なんでって聞いてもいい？」

「聞くのは自由だが、私が答えないのも自由だ」

聖史は、ふいっと顔を背ける。

本音を言えば、聞かれたって答えられない。

聖史自身、まだ気持ちの整理がつきかねている。

ただ、石川に襲われた時に、濱嶋のことを考えていたのは確かだ。

しかし、それをそのまま言葉で表現するのは躊躇われた。悔しさと……、そして気恥ずかしさとがあった。

こんな気持ちになるのは、初めてだ。

「意地っ張りだなあ」

濱嶋は、からかうように聖史の表情を覗きこんできた。

「まあ、そういうところも可愛いけど？」

「馬鹿なことを言うな……っ！」

まるで子供みたいだが、濱嶋の言葉一つ一つに動揺している。

こんなふうに聖史を振り回すのは、この男だけだ。

我が身すべてでぶつかってきて、ありとあらゆる欲望をぶつけてきた男だけ……。

それが、聖史が石川では変わらず、濱嶋では変わった理由なのだろう。

「本気だよ」

濱嶋は、堂々と聖史の手を握ってきた。

「な……っ」

往来で、何を考えている。

そう怒鳴りつけてやろうとしたのに、「そんなふうに慌てるほうがおかしいよ」と言われ、思わず黙りこんでしまう。

「あんたの可愛いところ、もっとみたい。だから、ホテルに行こう？」

囁いた男の手を、聖史は握り返さない。

握り返さないが、振り払うこともできなかった。


濱嶋と一緒に宿泊先に戻る。

自分の部屋ではなく彼の部屋についていった。

どうなるのか、わかっていた。それでいいと思った。自分のような人間は、多分頭より体の法が敏感で、素直だ。

最初はあれほど苦手なタイプだと思っていた。でも、そんな感情を抱いたのも、それだけ濱嶋が印象的だったからだろう。

聖史が閉じこもっていた硬い殻は、濱嶋のような勢いと強引さがなかったら、破れることはなかったのかもしれない。

それを、情熱というのか。

触れられた途端、体がかっと熱くなった。

肌を撫でるような、触れ方だった。力の籠もっていない。もっとさりげなく、でも熱を伝えてくる。

セックスを求められているのだ。自覚した途端、頬がかっと熱くなった。

石川とのセックスを意識したり、襲われかけた時とは、まったく体の反応が違う。

内側から溢れる熱が、熱くなった息や、濡れはじめた瞳に宿っているような気すらした。

「すごい……。色っぽい顔」

濱嶋が、喉を鳴らす。

「自分が、今、どんな顔をしているかわかる？」

「知るか」

俯いたまま、聖史は呟いた。

濱嶋とは、何度もセックスをした。もうすっかり馴れている。それなのに今、気恥ずかしさのあまり、ひどく浮ついた気持ちだった。

与えられる熱に、脳の芯まで煮えとかされてしまったかのようだ。

「キスして欲しいって顔してるよ」

そう言われて、まだこの部屋に入ってから口唇も合わせていないことに気がついた。

気恥ずかしさが募る。

いったい自分は、どうしてしまったのか。

こんな気持ちになるのは、初めてだ。

「キスしていいよね？」

「……っ」

承諾を与える暇もなく、口唇を奪われてしまう。

しっとりと濡れた感触。肉厚なそれで、味わうように聖史の口唇をなぞってくる。こすりあわされているだけなのに、淡い痺れが全身を貫いた。

その瞬間、聖史の中で何かが弾けた。

気がつけば、自分から口唇を開いていた。濱嶋を迎え入れようとしていた。

「……っ、ふ……っ」

濱嶋の舌が、口腔に入りこんでくる。彼の一部が、自分の中で動くのだと思うと、ぞくぞくした。

もっと欲しくて、喉奥まで明け渡していく。かわりに、隅々までの愛撫を求め、背中に爪を立てた。

「……く、ふ……っ」

交わりたいのは、口唇だけではない。

衣服が滑り落ちていくのを、聖史は許した。許すことで、今の気持ちを伝えた。

シャツの裾をまさぐるように上げて、直にたくましい背中に触れ、爪を立てる。濱嶋の体の感触を感じながら、聖史は目を閉じた。

押さえがたい想いが、胸の中で吹き荒れる。

性器への愛撫を与えられずとも、自分の中からこんな欲望が沸き上がってくるとは、聖史は想像もしなかった。

自分でも思いがけない、コントロールの効かない感情に身を任せるなんてことも、考えたことはなかった。

自分の人生には目的があって、これからもそれは変わらない。

変わらないけれども、傍には濱嶋にいて欲しい。

彼の存在が嬉しい。

……この男が欲しい。

己の欲望を、噛みしめる。

こんな、原始的な衝動に身を任せるなんて、まったくらしくない。でも、自覚したからには手放せない。

聖史は目を見開き、まっすぐ濱嶋を見つめた。

「私が欲しいのか？」

「そうだよ」

口唇を浮かせ、濱嶋は囁く。

「……あんたは？」

見つめ返され、つい言葉に詰まる。

だが、もう口唇を閉ざしていることはできなかった。

「……欲しい……」

囁いた声は熱っぽく、濡れ、そして震えていた。

「じゃあ、俺を全部食って。持ってってよ。そのかわり、あんたを俺にちょうだい」

「……んっ」

無我夢中だった。

混じり合いたいという本能のまま、濱嶋を求める。

キスしながらベッドに押し倒された時も、ごく自然に足を開いていた。

隅々まで濱嶋と重なりたかった。

体の奥深くの、卑猥で貪欲な場所に、一刻も早く濱嶋を埋め込んで欲しかったのだ。

義務としてしていたことを、心の底から欲している。

セックスから、欲望以外のものが生まれてくる。

自分の声が震えているのも、熱っぽいのも、みんなそのせいだ。
「愛している」
濱嶋は囁きながら、聖史の体を開いていった。
いつもより丁寧で、勢いはなかった。
それなのに、ありえないくらい感じた。
肌を撫でられるだけで、快楽が全身を貫いた。
胸に滲む感情に全身を支配され、覆いつくされる。
そのことが、強烈な快感を与えてくることもあるのだと、聖史ははじめて知った。
「……っ、は……、あ……！」
後孔の刺激だけで達して息を切ると、その口唇に濱嶋がむしゃぶりついてくる。
聖史の中に、入りこんでくる。
入りこめる場所から、全部。
奪われたのは、口唇だけではない。
後孔に咥えた濱嶋の性器は猛り狂い、強烈すぎる圧迫感を与えてきた。
紛れもない、他人による侵入。
それが、心地良くてたまらなかった。

濱嶋にならば、すべてを許したい。

まとわりつかれるのも、入りこまれるのも、ごめんだと思っていた。

けれども今は、こうして濱嶋と結びついていることが好くてたまらない。

この男にあわせて、体を変えられていくことすら。

「……うっ、く……。ふ、うっ！」

正面から抱き合って、高めあう。

何度も繰り返したセックスを、特別なもののように感じた。

もしかして、自分はもうずっと前から、こうして誰かと抱き合いたかったのだろうか。

誰か……、濱嶋、と。

己の狭い肉筒すら濱嶋の形になっていくことを意識しながら、聖史は忘れていた涙を流していた。

歓喜の涙を。

あとがき

こんにちは、あさひ木葉です。このたびは、「白衣の殉愛─罪過の夜に堕ちて─」をお手にとってくださいまして、本当にありがとうございました。一度予告が出てから、私の事情で発行までお待たせすることになり、本当に本当に申し訳ありませんでした。

今回は、イラストレーターの黒埜ねじ先生に、素敵なイラストをつけていただきました。色っぽいイラストで飾っていただけて嬉しいです。本当にありがとうございました。

いろいろありましたが、関係者の方々のおかげで、この本は無事に発行することができます。とりわけ、励まし続けてくださいました担当さん、本当にありがとうございました。

さて、久々の新刊となりましたが、今回のお話はいかがでしたでしょうか。もっと萌えを追求して、楽しいお話を書けるよう頑張っていきますので、また次作も手にとっていただけたら嬉しいです。

商業誌の情報等に関しては、よかったらツイッター　https://twitter.com/konoha_asahi　をごらんください。これからも、どうかよろしくお願いします。

あさひ木葉

NOVELS

ローズキーノベルズをお買い上げいただきましてありがとうございます。
この本を読んだご意見、ご感想をお寄せ下さい。

〒162-0814
東京都新宿区新小川町8−7
㈱ブライト出版　ローズキーノベルズ編集部

「あさひ木葉先生」係　／　「黒埜ねじ先生」係

白衣の殉愛 —罪過の夜に堕ちて—

2012年10月30日　初版発行

‡著者‡
あさひ木葉

‡発行人‡
柏木浩樹

‡発行元‡
株式会社　ブライト出版
〒162-0813　東京都新宿区東五軒町3−6

‡Tel‡
03-5225-9621
（営業）

‡HP‡
http://www.brite.co.jp

‡印刷所‡
株式会社誠晃印刷

ISBN978-4-86123-182-7 C0293　Printed in JAPAN